www.ingramcontent.com/pod-product-compliance
Lightning Source LLC
LaVergne TN
LVHW010834051026
849532LV00007B/2703

* 9 7 8 8 1 1 9 0 2 2 5 9 5 *

آج کل کے رومان

(افسانے)

مرتب:

فضلِ حق قریشی

Aajkal ke Romaan *(Short Stories)*

by: Fazl-e-Haq Qureshi

Edition: October '2025

Publisher :

Taemeer Publications LLC (Michigan, USA / Hyderabad, India)

ISBN 978-81-19022-59-5

9 788119 022595

کتاب	:	**آج کل کے رومان** (افسانے)
مرتب	:	**فضلِ حق قریشی**
صنف	:	فکشن
ناشر	:	تعمیر پبلی کیشنز (حیدرآباد، انڈیا)
سالِ اشاعت	:	۲۰۲۵ء
صفحات	:	۱۰۰
سرورق ڈیزائن	:	تعمیر ویب ڈیزائن

فہرست

مقدمہ

ایک زمانہ تھا کہ عورت کو اور خصوصاً مسلمان عورت کو گھر کی چار دیواری میں گھونگھٹ یا نقاب کے پس پردہ اس درجہ دبا لچا کر رکھا جاتا تھا گویا وہ کوئی منت کی چیز تھی کہ جہاں غیر کی نگاہ پڑی اور بس اس کی تاثیر گئی اسی لئے بقول حضرتؒ نیازؔ اس کو اسباب آرائش و زیبائش کی کم مایہ جنسوں کی طرح قابل بیع و شرےٰ چیز قرار دیا جاتا تھا۔ خدا بھلا کرے سرسید مرحوم کا کہ انھوں نے تعلیم نسواں پر نہ صرف زور دیا بلکہ عملی طور پر اس طرح پرچار کیا کہ عورت بھی دنیا میں ایک زندہ چیز سمجھی جانے لگی تاہم ضروری آزادی اس صدی کے ربع اول تک بھی اس کو نصیب نہ ہوسکی۔ عورت نے اپنی اہمیت کا لوہا منوانے کے لئے ہر شعبۂ زندگی کی طرف قدم اُٹھایا۔ حتیٰ کہ میدان اَدب میں بھی کسی سے پیچھے رہنا گوارا نہ کیا۔ تاہم خاندان کے کسی قدر قدامت پسند بزرگوں نے اس کے افکار و خیالات پر احتساب کی مہریں لگانی شروع کیں، مگر تابہ کے۔ دریا کا پانی بند کے ذریعے عارضی طور پر رک ضرور جاتا ہے مگر جمع ہو کر کسی نہ کسی وقت اسے توڑ ڈالنے کے لئے عورت کے دل کی سرگوشیاں بھی انجام کار نظم بلیغ بنے بغیر نہ رہ سکیں۔ اس مجموعے کے افسانہ نگاروں کی صف میں اردو زبان کی وہ بلند پایہ اہل قلم خواتین شامل ہیں جن کے رشحاتِ قلم رہتی دنیا قائم رہیں گے۔ ان میں زیادہ تر ایسی ہستیاں ہیں جو شروع ہی سے ادبی ذوق کی حامل تھیں۔ مگر ازدواجی زندگی کی منزل

یں قدم رکھنے سے قبل آسمانِ صحافت پر جلوہ گر نہ ہو سکیں۔ اِس حقیقت کا اظہار ان میں سے اکثر نے اپنے ان مختصر حالاتِ زندگی میں کیا ہے۔ جو ترتیب وار ان کے افسانوں سے قبل شامل اَوراق ہیں۔ اِن حقائق کو مدنظر رکھتے ہوئے یہ گمان ہوتا ہے کہ ایسے گوہر ابھی اور موجود ہوں گے جنھیں قلب صدف سے نکلنے کا موقع نہیں ملا ہے۔

اِس مجموعے میں صرف خواتین کے قلم سے لکھے ہوئے اَفسانے شامل ہیں۔

اُمید ہے کہ اہلِ نظر اور صاحبِ ذوق حضرات اِس کوشش کو بہ نظرِ پسندیدگی دیکھیں گے۔

تعارف افسانہ : **کسک** (تسنیم سلیم)

محبت اندھی ہوتی ہے۔ خصوصاً صنف نازک کے باب میں اس رائے کو قطعی کہا جاسکتا ہے۔ وہ محبت کی دنیا میں قدم رکھکر اپنے محبوب کے سوا ہر چیز کو ٹھکرا دیتی ہے' بسا اوقات اپنے آپ کو بھی۔ لیکن اگر وہ یہ جان لے کہ اس کی محبت کو درخور اعتنا نہیں سمجھا جا رہا تو وہ اپنی عزیز ترین ہستی سے نفرت کرنے لگتی ہے اور اگر یہ محسوس کرلے کہ اس کا محبوب اس سے محبت نہیں کر رہا ہے' اس کے جذبات سے صرف کھیل رہا ہے؛ تو وہ ایک زبردست انتقام لینے کے لئے آمادہ ہو جاتی ہے "کسک" کا مرکزی خیال اسی حقیقت کا حامل ہے جسے بے نقاب کرتے ہوئے بہت سے افسانہ نگار طبع آزمائی کر چکے ہونگے لیکن تسنیم سلیم نے ایک ایسے زاویئے سے اس پر نظر ڈالی ہے جس کا وجود انسان کی چھٹی حس کی طرح دائرے کے تین سو ساٹھ درجوں سے الگ ہٹ کر قائم ہوتا ہے۔ مجید کا کردار اس قدر عجیب ہے کہ اس کی زندگی کے دو پہلو صبحی کے لئے ایک معمہ بن جاتے ہیں اور وہ اسے پوری طرح نہ سمجھ سکنے کے باعث یہ رائے قائم کرلیتی ہے کہ جب وہ دوسروں سے تھک جاتا ہے تو محض وقت گزارنے کی خاطر اس سے التفات برتتا ہے رفعتِ خیال کے ساتھ ساتھ اسلوب بیان بھی تعریف سے مستغنی ہے مثلاً "بھائی نے اسے مدعو کیا الفاظ میں اور میں نے نگاہوں سے؟" اس سادے جملے کا نفسیاتی پہلو کس درجہ لطیف ہے۔ ان کے تصورات کا انوکھا پن بھی ان کی تحریر سے ظاہر ہوتا ہے ان کا نظریۂ محبت بیک وقت بلجیم کے مشہور ڈرامہ نویس مورس میٹرلنک اور ہندوستان کے ادیبِ شہیر نیاز فتحپوری سے ٹکر کھاتا ہے۔ ان کے حالات زندگی حسب ذیل ہیں:۔

"میری زندگی میں کوئی ایسا سنہرا ورق نہیں جو دنیا کے سامنے پیش کیا جاسکے اور میری داستان حیات صرف اتنی ہے کہ ۱۹۲۶ء کا واقعہ

ہے کہ نواب صاحب چھتاری کے یہاں ۸ اپریل جولائی کو نینی تال میں میں نے جنم لیا اور اس دن سے آج تک بلا مقصد زندگی گذار رہی ہوں۔ ابا جان کو اپنے کام سے اور میرے پیارے کہاں فرصت تھی جو پڑھائی پر نظر ڈالتے اور اماں جان کی باتوں پر کون توجہ دیتا تھا وہ پھکنی اور دست پناہ کی تعریف کرتیں یا سوئی دو ڑے کا قصیدہ کہتیں ہم مستقل مزاجی سے سبق کے وقت افسانے پڑھتے اور املا کے وقت ڈرامے لکھتے رہے۔ بڑے بھائی جان۔ راحت سعید۔ اس "نیک کام" میں بہت مدد کرتے تھے۔ بیچارے اپنے جیب خرچ سے ناول اور افسانے لا دیتے اور جو کچھ میں لکھتی اس پر تنقید بھی کرتے۔ تاہم مجھے ان سے اس امر کا شکوہ ضرور ہے کہ خود تو شاعر اور افسانہ نگار، مقرر اور نثار سب بن گئے اور مجھ کمبخت کو ایسا بیچ میں لٹکایا کہ نہ گھرداری آتی ہے، نہ صحیح معنوں میں کچھ لکھ ہی سکتی ہوں۔ میں نے افسانے لکھنے شروع کیے تو مشکل سے میری عمر دس گیارہ سال کی تھی لیکن اس وقت کا کوئی افسانہ مکمل نہ ہو سکا۔ ۱۹۲۱ء میں جب میری عمر پندرہ سال تھی میرا پہلا افسانہ "جل پری" چھپا اس سے ہمت بڑھ گئی اماں جان کو یہ غیر ضروری مشاغل اتنے عجیب لگتے تھے کہ اکتا کر میرے ماموں زاد بھائی سلیم سے میری شادی کر دی۔ نواب صاحب الہ نگر نے جو ماموں سے خسر بن گئے ہیں میرے ذوق کی ہمت افزائی کی اور میں نے اطمینان سے آپکا اور اپنا وقت ضائع کرنے کیلئے باقاعدہ افسانہ نگاری شروع کر دی مجھے ہمیشہ المیہ چیزوں سے دلچسپی رہی ہے میرے افسانوں کا مقصد نہ اصلاحی ہے نہ اخلاقی میں صرف اپنے خیالات کا اظہار چاہتی ہوں۔"

تسنیم سلیم چھتاری

کسک

کچھ عجب سا آدمی تھا۔ کمبخت گرگٹ کی طرح رنگ بدلتا تھا۔ کبھی تو میں بہ یک نظر واقعی اسے گرگٹ سمجھنے لگتی۔ اور کبھی دیکھتی تو اچھا خاصا انسان نظر آتا۔ وہ کیا آتا سگرٹوں کی شامت آجاتی تھی۔ اور جاتا تو بند کمرہ میں سینٹ سگرٹ کی ملی جلی بو اور کمرہ کی بے ترتیبی اور بدنظمی کے نقوش گذری ہوئی صحبت کی یادگار کے طور پر ذہن و دماغ پر چھوڑ جاتا۔

بھائی جان کے سارے دوستوں سے میں بے تکلف تھی۔ انھیں اپنے لکھے ہوئے افسانے سناتی۔ اپنی بنائی ہوئی تصویریں دکھاتی، مگر بھائی جان کے اصرار پر بھی نہ میں نے "اسے" اپنی بنائی ہوئی تصویریں ہی دکھائی اور نہ کوئی افسانہ ہی سنایا، میری ہر ممکن کوشش یہی ہوتی کہ "اس سے" بات تک نہ کروں۔

ایک روز بھائی جان نے مجھ سے کہا "صبحی" مجید کو وہ اپنی تصویر تو دکھاؤ جو تم نے کل بنائی تھی" اس سے قبل کہ میں کوئی جواب دوں" وہ جلدی سے بول اٹھا:" بھئی اس وقت طبیعت موزوں نہیں ہے پھر کبھی دیکھوں گا" میں جل کر رہ گئی کیا بیہودہ آدمی ہے! ایک وہ کمال بھی تو ہے

میں کچھ جھجکی تھی جو بھائی جان کا اشارہ پاکر انھوں نے میرا ہاتھ پکڑ لیا اور اتنی باتیں کیں کہ اسی دن ساری شرم جاتی رہی۔ مجھے یہاں آئے چار مہینے سے زیادہ ہو گئے، لیکن "اس نے" اکھڑی اکھڑی باتوں کے علاوہ کوئی ڈھنگ کی بات نہ کی تھی۔

اس کا مطلب یہ نہیں کہ "وہ" عورتوں سے گھبراتا تھا۔ کسی ٹی پارٹی ڈنر یا پکنک میں دیکھئے ہر ایک سے باتیں کر رہا ہے۔ ہنس رہا ہے۔ اسی دن کا ذکر ہے۔ پروفیسر صاحب کے ہاں ڈنر تھا میں بھی مدعو تھی، اور مجید بھی! مجھے دیکھ کر تو محض "ہلو" ہی کہا اور مسز دھرمپال کے ساتھ وہ قہقہے لگے کہ تمام "ہال" گونج اٹھا۔ اس کا ہاتھ پکڑ کر علیحدہ صوفے پر بیٹھ گیا۔ میں کئی دفعہ سامنے سے گزری مگر مجھ سے یہ تک نہ کہا کہ "تم بھی یہیں آن مرو" آخر وہ بیچارے کمال ہی مجھ سے باتیں کرنے لگے۔ اور میں اپنی بے نیازی سے بگڑی ہوئی بات بنانے کے لیے ان کے شانے پر ہاتھ رکھے ایک سیٹ پر بیٹھ گئی اس نے ایک بار بھی مڑکر نہ دیکھا۔

مسز دھرمپال کو ان کے ایک اور شناسا لے گئے تو مجید ایک اور لڑکی تھی "مدقوق" سی! اس کے پیچھے جا پڑے۔ اس دن مجھے بہت ہی تکلیف پہنچی۔ کھانے کے بعد پروفیسر صاحب کہنے لگے "صبحی بیٹی تم مہمان نہیں ہو، مہربانی کرکے ان لوگوں سے یہ پوچھ لو کہ وہ کونسی سگرٹ پسند کرتے ہیں؟ میں سب سے پہلے مجید کے پاس پہنچی۔

"کیا سگریٹ پیجئے گا"

"آپ کو کس قسم کا سگرٹ پسند ہے؟" مجھے جواب دینے کی بجائے اس نے دق زدہ لڑکی سے پوچھا!۔

"پانچسو پچپن" باریک آواز میں جواب ملا۔

"میں بھی پانچسو پچپن پیوں گا!" اور ——— مجھ سے بات کرتے ہوئے پہلی مرتبہ اس کے چہرے پر ہلکی سی مسکراہٹ آگئی۔ غصہ اور تکلیف سے میری عجیب حالت ہوگئی۔ میں خوب جانتی تھی کہ اسے "۵۵۵" بالکل پسند نہیں وہ یا تو "کریون اے" پیتا ہے یا "گولڈ فلیک" خیر بدلہ نہ لیا ہو تو کہنا' میں نے اور بھی دو چار سے پوچھا۔ اور پھر پروفیسر صاحب کے پاس پہنچی۔

"کچھ گولڈ فلیک پینا چاہتے ہیں اور کچھ کریون اے۔"

"پانچسو پچپن یا کیونڈر ———"

"جی نہیں اور کوئی قسم نہیں" میں نے جلدی سے جواب دیا اور پھر کمال کے پاس جا بیٹھی!!

تھوڑی دیر میں ہی دو قسم کے سگرٹ پیش کئے جانے لگے۔ نوکر مجید کے سامنے بھی رکا۔ لڑکی نے ایک سگرٹ اٹھا کر دیکھا اور پھر رکھ دیا۔ مجید سگرٹ اٹھا چکے تھے اسے واپس رکھتے دیکھکر خود بھی اپنا سگرٹ "سگرٹ کیس" میں واپس رکھ دیا۔ لڑکی نے مجید کی طرف دیکھکر نفی میں سر ہلا دیا۔ میں نے دیکھا کہ مجید پروفیسر صاحب کے پاس گئے اور تھوڑی دیر میں "۵۵۵" کا ٹین لئے میرے پاس سے گزرتے وقت میری طرف ایسی نگاہوں سے دیکھا کہ باری باری میرے سارے جسم میں برف اور بجلی کی سوئیاں پیوست ہوتی معلوم ہونے لگیں۔

پونے گیارہ کے قریب جب تقریباً سارے مہمان جا چکے تھے تو پروفیسر صاحب نے ہمیں اجازت دی۔ مجید اور کمال ابھی موجود تھے۔ دونوں کار تک ہمارے ساتھ آئے۔

"کمال کل ضرور آنا۔" میں نے محض مجید پر چوٹ کرنے کے لیے کمال سے کہا۔ مگر مجید سنی ان سنی ایک کر کے بھائی جان سے کہنے لگا: "کل کالج کے بعد تو حنیفس کے ہاں جانا ہے۔ ہو سکا تو ان کے یہاں سے سیدھا تمہارے پاس آؤں گا۔"

"ہاں ہاں ضرور۔" پھر بھائی جان کمال سے بولے: "تم ضرور آؤ گے نا؟"

کمال نے ہنس کر کہا: "ضرور آؤں گا ابھی میں نے صبحی سے وعدہ کیا ہے۔"

"اچھا تو خدا حافظ" میں اور بھائی جان اپنی کار میں بیٹھ گئے۔

"صباحت خدا حافظ! شب بخیر صبحی۔" کمال نے ہم دونوں کو الوداع کہی۔

"صباحت گڈ نائٹ!" اور جب کار چلدی تو مجید نے زور سے کہا۔ "شب بخیر صبحی صاحبہ!"

میں نے کوئی جواب نہ دیا۔ دل چاہتا تھا خوب چیخ چیخ کر روؤں "کاش! میں وہیں ابا جان کے پاس رہ جاتی۔ چھٹیوں میں بھائی جان گھر آتے ہی تھے۔ مجھے کیا مصیبت پڑی تھی کہ اپنے کو ذلیل کرنے کے لئے اماں جان کے ساتھ یہاں آمری۔"

بھائی جان! "یہ حنیفس کیسے لوگ ہیں؟" میں نے پوچھا۔

"یہ مس حنیف! مجید کے پاس گلابی ساری پہنے ہوئے بیٹھی تو تھیں۔ ...... اچھے لوگ ہیں!۔"

"خدا کرے بجلی گرے اس پر! سوکھی ہوئی تو ہے کوئی جان لیوا مرض

اور لگ جائے اسے۔ اندر سے دل چاہنے لگا۔ میری آنکھوں میں سے آنسو چھلک آئے۔ مگر اس ڈر سے کہ کہیں بھائی جان نہ دیکھ لیں، باہر کی طرف جھانکنے لگی؛

"صبحی!" بھائی جان نے کہا "یہاں تمہاری کوئی سہیلی بھی تو نہیں۔ تمہارا دل بہت گھبراتا ہوگا اگر تم کہو تو یہاں کچھ لڑکیوں سے تمہاری ملاقات کرا دوں ——— اب یہ مس حنیف ہی ہیں کبھی کبھی ان کو اپنے یہاں بلا لیا کرو۔"

"نہیں بھائی جان" میرے اور بھی آگ لگ گئی "کچھ عجیب سی ہے وہ تو...... چھپکلی سی؛"

بھائی جان ہنسنے لگے "توبہ کیسی چڑچڑی لڑکی ہے۔ بھلا مس حنیف سے کیوں خفا ہے؟"

"تو کچھ ضروری ہے کہ میں مس حنیف سے دوستی کرلوں؟"

"معاف کر بابا؛ تیری ضد کی عادت کب جائے گی؟ بلا وجہ ہر ایک سے نفرت کرنا شروع کر دیتی ہے۔ اچھا تو مس حنیف کی شکل تو چھپکلی جیسی ہے۔ یہ بتا تو مجید کو دیکھ کر منہ کیوں پھلا لیتی ہے؟"

"بھائی جان؛ خدا کے واسطے چپ رہیئے۔ مجھے نیند آرہی ہے۔"

بھائی جان کچھ اور کہتے تو میں ضرور رو دیتی۔ میں نے دل میں سوچ لیا کہ کبھی بھائی جان کی غیر موجودگی میں کمال اور مجید ایک ساتھ آئے تو میں کمال سے خوب باتیں کروں گی اور مجید کا کوئی نوٹس نہیں لوں گی خواہ وہ میری بھائی جان سے شکایت ہی کر دے۔

•

دوسرے دن چار بجے شام کے قریب کمال آئے۔ میں دریچہ میں

بیٹھی ہوئی بادلوں کی تصویر بنا رہی تھی۔ بھائی جان اور کمال وہیں آ بیٹھے میں تصویر کو غیر مکمل چھوڑ کر ان سے باتیں کرنے لگی۔ کچھ دیر بعد یہ دونوں اٹھ کر اماں جان کے پاس چلے گئے ـــــ نہ جانے کیوں؟ تصویر کو مکمل کرنے کے بعد بھی میں دیر تک کھڑکی کے پاس کھڑی نظرت کے ان غیر مکمل نقوش کو دیکھتی رہی جن کے شائد غیر مکمل ہونے ہی میں ان کی پر اسرار دلکشی مضمر ہے!

دوسرے دن بھائی جان تو کالج گئے اور اماں جان اپنی ایک دیرینہ دوست کے ہاں چلی گئیں۔ میں گھر پر اکیلی رہ گئی۔ پنسل اور کاپی لے کر بیٹھی۔ مگر افسانے کا خاکہ تک ذہن سے نکل گیا۔ دو ایک ریکارڈ بجائے ـــــ منٹل پیس پر مجید کی ایک تصویر رکھی تھی۔ وہی مخصوص مسکراہٹ! مجھے آج ایسی معلوم ہوئی جیسے میرے اُوپر ہنس رہی ہو!!

تصویر اٹھا کر نگار خانے میں لے آئی۔ میں نے سوچا کہ لاؤ اسے ہی بنالوں۔ خاکے تو کئی بنائے لیکن برش اٹھاتی تو ہاتھ کانپنے لگتا تھا۔ میں تصویر کو اٹھا کر غور سے دیکھنے لگی۔ پھر قدِ آدم آئینے کے سامنے جا کھڑی ہوئی۔ ایک نظر اپنے کو دیکھتی پھر تصویر کو! میں نے سوچا کیا۔ ہرج ہے میں مجید کی اور اپنی تصویر ایک ساتھ بنالوں ـــــ تصویر کو اپنے چہرے کے برابر لا کر دیکھا ـــــ

کھڑکی کے نیچے کسی کے قدموں کی آواز سن کر میں نے جلدی سے باہر جھانکا۔ کوئی بھی نہ تھا!!! دو تین منٹ کے بعد "ڈرائنگ روم" میں سے کسی کے کھانسنے کی آواز سن کر میں اُوپر لپکی ـــــ اوپر مجید بڑے اطمینان سے بیٹھا تھا۔ مجھے دیکھ کر کھڑا ہو گیا۔ میں کچھ گھبرا سی گئی۔ سمجھ میں نہ آیا کیا کروں۔ "آیئے تشریف رکھیئے"۔ مگر میں بدستور اس کا منہ تکتی رہی! "آیئے بیٹھے"۔ میرے قریب آ کر میرا ہاتھ پکڑ لیا اور مجھے صوفے پر بٹھا دیا۔ "مزاج شریف" خود بھی میرے برابر

بیٹھ گیا۔ آج پہلا دن تھا جو وہ میرے ساتھ ایسی باتیں کر رہا تھا۔ گر میں "اس کا" ڈر والا اجتناب اور بے رخی نہ بھول سکی اور ——— آج پہلی بار محبت کی بجائے مجید کے لئے میں نے اپنے اندر انتقام کا جذبہ پایا۔

"اماں جان کہاں گئیں"؟ مجید نے پوچھا:

"وکیل صاحب کے ہاں!" اب کے میں نے بھی جواب دیا!

"یہ بتائیے کل آپ نے میرا انتظار کیا یا نہیں؟"

"جی نہیں"———

"آپ تو کچھ ناراض سی معلوم ہوتی ہیں" اس نے برا سا منہ بنایا———

"نہیں تو"

"اچھا لاؤ صلح کریں" میرا ہاتھ اپنے ہاتھ میں لے لیا!" لڑائی ختم ہوئی اب باتیں کرو ہم سے!"

میرا دل چاہا وہ زور سے میرا ہاتھ دبا لے!!! "میری تصویر کہاں گئی؟ منٹل پیس پر رکھی تھی" پھر خود ہی بڑے اطمینان سے نگار خانے میں گیا اور اپنی تصویر اٹھا لایا ——— "آپ نے فلم "قیدی" دیکھا" مجھے اس فلم کا قصہ یاد آگیا ——— ایک لڑکی ایک لڑکے سے محبت کرتی ہے اور ——— اور وہ لڑکا بھی اس لڑکی سے محبت کرتا ہے۔ شریر لڑکی اس لڑکے سے اپنی محبت کا اظہار نہیں کرتی اور سمجھتی ہے کہ وہ اس کے دلی تاثرات سے ناواقف ہے۔ مگر وہ اصل بات سمجھتا ہے۔ ایک دن وہ لڑکا اس لڑکی کے ہاں آتا ہے تو کیا دیکھتا ہے کہ وہ اس لڑکے کی تصویر سے مخاطب ہو کر کہہ رہی تھی:

"آپ کیا جانیں! تم کیا جانو!! تو کیا جانے!!!"

میں حیرت سے اس کا منہ دیکھ رہی تھی۔ ظالم نے کس عجیب طریقے

اپنی محبت کا اظہار کیا: رنج، غصہ، اور شرم سے میرا چہرہ سرخ ہوگیا۔ وہ تصویر کو منٹل پیس پر رکھ کر پھر میرے پاس بیٹھ گیا ـــــ کچھ دیر خاموش بیٹھا رہا پھر بولا" ارے گیارہ بج گئے" صوفے پر سے ہیٹ اٹھایا، پہنا، اور بغیر میری طرف دیکھے ہوئے کمرے سے نکل گیا۔ میں دروازے تک گئی۔ مگر جیسے اس نے دیکھا ہی نہیں۔ سائیکل اٹھائی اور سیٹی بجاتا ہوا یہ جا وہ جا!!!

میں نے سوچا" محبت کی اس تشنگی کو محبت سے نہیں انتقام سے بجھاؤنگی ـــــ اسے جلاکر! اسے رلاکر! اسے ستاکر!"

شام کو وہ آیا۔ ہم لوگ سینما جارہے تھے۔ بھائی نے اسے بھی مدعو کیا۔ الفاظ میں ـــــ اور میں نے نگاہوں سے! مجھے خیال ہی نہیں، بلکہ یقین تھا کہ" وہ" ضرور چلے گا۔ مگر جب اسے معلوم ہوا کہ میں بھی چل رہی ہوں تو امتحان اور پڑھائی کا ذکر کرکے صاف انکار کرگیا۔ مجھے کس قدر حیرت ہوئی ہے۔ مگر میں کچھ نہ کہہ سکی ـــــ اس کی زندگی کے دو پہلو میرے لئے ایک معمہ تھے اسے مجھ سے محبت ہے۔ ایک دل تو یہ کہتا تھا لیکن جب اس کی بے رخی پر نظر ڈالتی تھی تو یہ خیال ہوتا تھا کہ مجید جب دوسروں سے تھک جاتا ہے تو مجھ سے کھیلنے لگتا ہے۔ میں اپنی محبت کو نفرت یا انتقام سے بدل دینا چاہتی تھی مگر یہ میرے بس کی بات نہ تھی! میں نے یہ طے کرلیا تھا کہ اب جتنا مجید مجھ سے ملیں گے اسی قدر میں ان سے بے نیاز رہوں گی! کمال سے گھنٹوں باتیں کرتی مگر جب تک مجید خود مجھ سے نہ بولیں میں ان کی طرف دھیان بھی نہیں دیتی تھی۔

ایک دن شام کے وقت میں نگار خانے میں بیٹھی ہوئی تصویر میں رنگ بھر رہی تھی۔ یہ تصویر ایک عورت کی تھی جو بڑے سوگوارانہ انداز سے ہاتھ میں

مرجھائے ہوئے پھول لئے کھڑی تھی۔ قریب ایک مہینہ ہوا جب میں نے یہہ تصویر شروع کی تھی۔ اب اس سے میرا دل اکتا گیا تھا۔ میں چاہتی تھی کہ اسے جلدی مکمل کر لوں تو پھر نمائش کے لئے ایک اور تصویر بنالوں!!۔

باہر برآمدے میں مجید اور بھائی جان بیٹھے تھے۔ دو دفعہ میں نے باہر جھانک کر مجید کو دیکھ لیا تھا۔ اور سوچ رہی تھی کہ آج بھی تصویر کو بیچ میں چھوڑ کر باہر جا بیٹھوں۔ مگر اس سے قبل کہ میں اپنے خیال کو عملی جامہ پہنا سکوں۔ مجید نگارخانے میں داخل ہوا۔ اور جھک کر تصویر دیکھنے لگا۔ اس کا سر بالکل میرے سر سے ملا ہوا تھا۔ اور اس کے گرم سانس میرے رخسار چھو کر انہیں دمکا رہے تھے۔ میرا خیال ہے کہ وہ جان کر جلدی جلدی لمبے لمبے سانس لے رہا تھا۔ میں نے سر اور بھی نیچے کو جھکایا تو وہ خود بھی جھک گیا۔ میں نے گھبرا کر اوپر کو منہ اٹھایا تو میرا رخسار اس کے رخسار سے ٹکرایا ہی نہیں بلکہ رگڑ بھی گیا ———— نہ جانے اس نے کب سے شیو نہیں کیا تھا تمام رخسار جھلجھلا گیا۔ کہنے لگا: "معاف کیجئے" جلدی سے برابر کی کرسی پر بیٹھ گیا "کس کی تصویر ہے یہ!؟"

"عورت کی" میں کچھ بوکھلا سی گئی تھی۔

"یہ تو میں بھی دیکھ سکتا ہوں" جل کر کہا۔

"پھر کیا پوچھنا؟"

"یہ کس عورت کی تصویر ہے؟" کس پر زور دے کر۔

"کسی سوگوار شباب کی" میں نے آہستہ سے کہا:

"سوگوار ———— بیچاری ———— بدنصیب؛ مگر صبحی!! اسے کامیاب بنانا یا ناکام رہنے دینا تو تمہارے اختیار میں ہے"۔

میں نے اس کی طرف دیکھا "ہاں بہت کچھ آرٹسٹ کے اپنے ہاتھ میں

ہوتا ہے۔"

"ہاں تمہارے اختیار میں!" کرسی کو آگے کھینچ کر میری آنکھوں میں آنکھیں جما دیں "مسرتیں اور مصیبتیں سب تمہارے موئے قلم کی منتظر ہیں۔ تمہارے ہاتھوں پر کسی کی زندگی کے نقش کا انحصار ہے۔"

"مجھے کیا کرنا چاہیئے مجید!" مجھ پر نشے کی سی کیفیت طاری تھی۔

"تمہیں!" کرسی سے اٹھ کر کھڑکی کے سامنے کھڑا ہو گیا "تمہیں ان مرجھائے ہوئے پھولوں کو اپنے نسیم نفس سے شگفتگی اور تازگی بخشنا چاہیئے۔"

"کیسے؟" "کیسے مجید!" میں نے بے صبری سے پوچھا!

"بھئی! مصوری کے متعلق میں کچھ زیادہ نہیں جانتا۔" مجھے ایسا معلوم ہوا جیسے کوئی سہانا خواب دیکھتے دیکھتے آنکھ کھل گئی ہو!۔

کچھ دیر کھڑکی سے جھانکنے کے بعد میری طرف مڑا "تم سے ایک کام تھا صبحی۔"

"کہیئے؟"

"ایک تصویر بنوانی تھی" پھر کرسی پر بیٹھ گیا۔

"کس کی؟"

"یہ رہی! تم خود دیکھ لو" جیب سے سگرٹ کیس نکالا "بہترین بنانا ہو گی بالکل اسی جیسی ——— ہلکے رنگ!"

سگرٹ کیس میں سے ایک چھوٹی سی تصویر نکال کر مجھے دی "اچھی بنی تو انعام دوں گا۔" میں نے اور بھی بے تابی سے تصویر کو لے لیا۔ میں سمجھی شاید

اس کی اپنی ہے۔ ——— اتنا غصہ عمر میں شاید کبھی نہ آیا ہوگا۔ میں نے اپنے ہونٹ کاٹنے لگی۔ غصہ سے میرے ہاتھ کانپ رہے تھے ——— وہی کمبخت مس حنیف ——— بلا تامل میں نے تصویر پھاڑ ڈالی۔

"ارے ارے یہ کیا غضب کیا تم نے ظالم لڑکی"۔ مجید مجھے تصویر پھاڑتے دیکھ کر چیخا۔ "تم نے تصویر کے نہیں میرے دل کے ٹکڑے کر دیئے ہیں۔ تم بہت بد مذاق ہو۔ اس حماقت کی تلافی کے لئے تمہیں مس حنیف سے معافی مانگنی چاہیئے"۔

میرا ہاتھ بے اختیار رنگ کے ڈبے کی طرف گیا۔ وہ کچھ اور کہتا تو گاڑھا گاڑھا سرخ رنگ اس کے منہ پر تھوپ دیتی۔ بدتمیز کہیں کا ——— سوکھا سا منہ بنا کر کھڑکی سے باہر جھانکنے لگا۔ "خیر کوئی بات نہیں میری آدھی البم اس کی تصویر سے بھری پڑی ہے"۔ وہ کمرے سے باہر نکل گیا۔ میں نے آنکھوں پر دوپٹہ رکھکر رونے کی کوشش کی مگر تکلیف کی شدت نے آنسو نہ نکلنے دیئے جھنجھلا کر میں نے زمین پر پڑے ہوئے تصویر کے ٹکڑوں کو پیر سے مسل دیا اس سے بھی سکون نہ ہوا تو سب کو چن کر کھڑکی سے باہر پھینکدیا۔

مجید بہت دیر تک بھائی جان کے پاس بیٹھا رہا۔ مگر میں نے اس کے سامنے جانے کے مقابلے میں اماں جان کے پاس بیٹھ کر چھالیہ کترنا منظور کیا۔

"اس قصے کے دوسرے دن کا ذکر ہے صبح کا وقت تھا بھائی جان کالج گئے ہوئے تھے اور میں اماں جان کے پاس بیٹھی ان کی جرسی بن رہی تھی"۔

"اماں جان! آداب عرض کرتا ہوں"۔

"جیتے رہو" اماں جان نے جواب دیا۔ مجید کو دیکھ کر میرے ہاتھوں میں سلائیاں کانپنے لگیں اور جو باتیں شروع ہوئی ہیں تو الاماں! کبھی کہتا ڈاکٹری پڑھنے امریکہ جاؤں گا۔ کبھی کہتا بیرسٹری پڑھنے انگلینڈ جاؤں گا۔ ایک دفعہ کہنے لگا کہ ڈاکٹر نے مجھے ٹی۔ بی بتائی ہے۔ سوئٹزر لینڈ سینوٹوریم جاؤں گا۔ یہ سنکر اماں جان بہت بگڑیں میں کل ہی سے جلی ہوئی تھی۔ اسے اتراتے دیکھ کر کمرے سے باہر چلی گئی۔

باغ میں آم کے پیڑ کے نیچے خوب سایہ تھا۔ ٹھنڈی ہوا چل رہی تھی۔ میں نے نوکر سے وہیں گراموفون منگا لیا اور بجانے لگی" من رے ست ست کیسے تجھے مناؤں"

نہ جانے کیوں؟ —— آج نینا کے اس ریکارڈ پر میرا دل بہت دکھا۔ آنکھوں سے آنسو نکل پڑے۔

اپنے شانے پر کسی کا ہاتھ محسوس کر کے میں چونک پڑی مجید کھڑا تھا۔ وہیں گھاس پر میرے برابر بیٹھ گیا۔ جیب سے رومال نکالکر میرے آنسو خشک کئے اور غور سے میری شکل دیکھتا رہا۔

"صبحی"

"ہاں"

"تم خفا ہو"

"کس سے؟" میں نے پوچھا۔

"مجھ سے؟ آہستہ سے جواب دیا۔

"جی نہیں یہ آپ کو کیوں خیال ہوا؟"

"یونہی پوچھتا تھا" پھر کچھ دیر ادھر ادھر دیکھ کر" خدا کے واسطے

یہ رونے کا راگ نہ بجاؤ" بہت سے ریکارڈ الٹ پلٹ کر ایک ریکارڈ نکالا۔

"صبحی تم تو بالکل بچی ہو کوئی بات نہیں سمجھتیں" ریکارڈ لگا کر بالکل میرے سامنے آ بیٹھا۔

"تم ہی نے مجھ کو پریم سکھایا"

میں اس کی شکل دیکھ رہی تھی۔ وہ مجھے تک رہا تھا۔ اٹھا اور جھک کر آنکھیں پھاڑ پھاڑ کر مجھے دیکھنے لگا۔ مجھے اس کی اس حرکت پر ہنسی آ گئی۔ خود بھی ہنس پڑا۔

"اب جاؤں صبحی؟"

"جائیے" میں نے آہستہ سے کہا۔

"اچھا —— خدا حافظ"

سائیکل اٹھائی اور چلا گیا

شام کو مجید نہیں آیا۔ کمال اور محمود آ گئے۔ میں اور بھائی جان دونوں سے باتیں کرتے رہے۔ اماں جان بھی ہمارے پاس بیٹھی ہوئی باتوں میں حصہ لیتی رہیں۔ یہ دونوں کھانے کے بعد واپس چلے گئے۔ میں بھائی جان اور اماں جان ڈرائنگ روم میں جا بیٹھے۔

"صباحت" اماں جان نے کہا "مجھے تو تمہارے دوستوں میں مجید اور کمال بہت پسند ہیں"

"درحقیقت اماں جان" بھائی جان نے کہا "یہ دونوں مجھے اپنے دوستوں میں بہت عزیز ہیں اور میں سمجھتا ہوں کہ مجھے اس سے زیادہ اچھے دوست میسر بھی نہیں ہو سکتے"

اتنے میں ایک ملازم نے تار لاکر دیا۔" ابا جان کا تار آیا ہے۔" بھائی جان چیخے !" دکھانا بھئی مجھے" میں نے بھائی جان سے تار چھین لیا۔" کل ابا جان آرہے ہیں۔"

بھائی جان چھٹیوں میں جو گھر آئے تو واپس ہونے کو دل ہی نہ چاہتا تھا۔ آخرکار مجھے اور اماں جان کو ساتھ آنا پڑا۔ ہمیں یہاں آئے ہوئے چھ ماہ ہوگئے اور مجھے اتنے دن بعد ابا جان سے ملنے کی بہت خوشی تھی —— میں بھائی جان اور اماں جان مل کر ابا جان کو لینے اسٹیشن جارہے تھے راستہ میں مجید اور کمال ملے۔

"ہم بھی چلتے ہیں" دونوں کار میں ہمارے ساتھ ہی بیٹھ گئے۔ ہم لوگ ابا جان کو لینے اسٹیشن گئے۔ مجید اور کمال کو ابا جان پہلے سے جانتے تھے۔ یہ دونوں شکار اور شطرنج کے شوقین تھے۔ اور اسی لئے ابا جان سے ان کی خوب بنتی تھی۔

ابا جان کو آئے ہوئے پندرہ بیس دن ہو چکے تھے۔ ایک دن اماں جان سے کہنے لگے کہ "صباحت" کے دوستوں میں کمال اور مجید بہت اچھے ہیں۔ مجھے اپنے بچوں کی طرح عزیز ہیں۔ پڑھے لکھے، شریف خاندان کے! میرا خیال ہے کہ صبحی کا رشتہ ان میں سے کسی ایک کے ساتھ کیوں نہ کر دیا جائے۔" اماں جان نے اس رائے کو بہت پسند کیا اور بھائی جان کو موقع ملا تو بس پھر کیا تھا لگے ان کی تعریفوں کے پل باندھنے اور یہ بتانے کہ یہ دونوں میرا کس قدر خیال کرتے ہیں —— بھائی جان نے کچھ اس طرح کہہ کر میری طرف دیکھا کہ میں چپکے سے اپنی خوابگاہ میں کھسک آئی!"

امتحان قریب آ گئے تھے ـــــ اب رات کو مجید، کمال، محمود، شنکر الغرض بھائی کے سب دوست ہماری ہی کوٹھی پر رہتے تھے۔ ایک کمرے میں بیٹھ کر سب رات بھر پڑھا کرتے تھے۔ اس کمرے میں سے رہ رہ کر رات کو گانے اور ہنسنے کی آواز آیا کرتی تھی۔ اکثر ابا جان بھی ان کے پاس جا بیٹھتے۔ بس فوراً سب تمیز کے جامے میں آجاتے اور جہاں ابا جان کمرے سے نکلے سب ایسی بھیانک آوازوں میں جمائیاں لیتے کہ برابر کے کمرے میں میری سوتے سوتے آنکھ کھل جاتی۔

امتحان آئے اور گزر گئے۔ اس عرصے میں سب نے نمازیں بھی پڑھیں اور روزے بھی رکھنے کے ارادے کئے۔ امتحان کے بعد ایک ایک اپنی جگہ کہتا کہ اس نے دوران امتحان میں سب سے زیادہ نقل کی ہے۔

محمود اور شنکر تو چھٹیاں گزارنے اپنے اپنے گھر چلے گئے۔ کمال بیچارے کی نہ ماں زندہ تھیں نہ باپ۔ گاؤں کی جائداد تھی دل چاہتا تو چھٹیوں میں، دو چار دن کے لئے چلا جاتا تھا۔ ورنہ اکثر کشمیر چلا جاتا۔ اس دفعہ ابا جان نے کشمیر جانے کو بھی منع کر دیا۔ رہے مجید تو والد تو ان کے بھی فوت ہو چکے تھے۔ والدہ زندہ تھیں۔ اور اس دفعہ یہ سوچ رہے تھے کہ گھر جاؤں یا نہ جاؤں۔ ایک دن مجھ سے بھی رائے لی۔ میں نے کہا:" والدہ کو یہاں کیوں نہیں بلاتے؟"

کہنے لگے" وہ تو یہاں آنے پر راضی ہی نہیں ہوتیں"

میں نے پوچھا:" پھر کیا کیجئے گا؟"

" دیکھو" ہنس کر بولے" فرض اور محبت کی کشمکش ہے"۔ میں حیرت سے منہ دیکھتی رہ گئی۔

دوسرے دن شام کو ابا جان کے پاس سے اٹھ کر آئے۔ میں باغ کے پودوں میں پانی دے رہی تھی۔ "کہاں سے آ رہے ہیں؟"

"ابا جان کے پاس سے۔" "کیا باتیں ہو رہی تھیں؟" میں نے پوچھا۔

"کچھ بہت ضروری اور دل خوش کن باتیں۔" پھر بولے "تمہیں پھولوں سے بہت شوق ہے یہ بتاؤ تمہیں پھولوں کا کون سا رنگ پسند ہے؟"

"عنابی اور سبز کاہی" میں نے اسے جلانے کو کہا۔ مگر اس نے یہ کہکر دونوں رنگ نوٹ بک میں لکھ لئے کہ "بھئی ہم نہیں جانتے یہ کون سے رنگ ہیں؟" پھر پوچھا "اچھا یہ بتاؤ سرخ رنگ زیادہ پسند ہے کہ ہرا؟" میں نے کہا "ہرا" اس نے یہ بھی نوٹ بک میں لکھ لیا۔

"کیوں لکھ رہے ہیں آپ؟" میں نے جل کر پوچھا۔

"یونہی تفریحاً" ایک گلاب کا پھول توڑ کر میرے بالوں میں اٹکا دیا اور بولے۔

"کیا خیال ہے تمہارا میرے متعلق؟"

"یہی کہ آپ بہت شریر ہیں اور اچھے ہو سکتے ہیں۔ اگر پھول نہ توڑا کریں!"

میں نے ایک سفید گلاب توڑتے ہوئے کہا۔

"کیا مطلب؟"

میں نے کہا "کچھ نہیں! یہی کہ آپ نے ایک پھول توڑا تو ایک میں نے بھی۔ دو پھول ضائع ہو گئے نا ——— ایک تو یقینی!!"

"سچ بتاؤ صبحی"

"سچ کہہ رہی ہوں" یہ کہہ کر میں نے پھول اس کے کوٹ کے کالر میں لگا دیا۔

"شکریہ!" ہنس کر کہا "اب چلتا ہوں"

"کہاں جا رہے ہیں آپ؟" میں نے پوچھا۔

"ذرا ادھر ادھر گھومنے ـــــ اچھا صبحی خدا حافظ۔

دوسرے دن کمال آئے تو میں نے مجید کے متعلق پوچھا تو معلوم ہوا کہ رات وہ اپنے گھر جا چکا۔ کمال کو رات اسٹیشن پر ملا تھا تو کہتا تھا کہ "دل گھبرا گیا ہے یہاں تو اب گھر جا رہا ہوں"

ابا جان بولے "کل تو کوئی ذکر نہیں کیا کیوں صباحت تمہیں کچھ خبر ہے؟"

"مجھے تو نہیں معلوم ابا جان" میں عجب سراسیمگی کے عالم میں کرسی پر بیٹھی رہی۔ میں نے سوچا کہ میں اسے بے وفا کیوں کہوں اس نے مجھ سے کب کہا کہ "صبحی! میں تم سے محبت کرتا ہوں" اگر میں اس سے محبت کرنے لگی ہوں تو اس میں اس کا کیا قصور ہے۔ میں نے اسے بھولنے اور اپنے نفس کو دھوکا دینے کا پورا تہیہ کر لیا۔

مجید کو گئے دو مہینے ہو گئے۔ کمال اب بھی روز آتے تھے۔ ایک دن مجھ سے بولے "صبحی مجھے تم سے کچھ کہنا ہے"

"کہیئے"

"مجھے تم سے ملتے ہوئے اب ایک سال ہو جائے گا۔ میرا خیال ہے اس عرصے میں تم نے مجھے اچھی طرح سمجھ لیا ہو گا"

"کیا مطلب ؟" میں نے پوچھا.

"میں تم سے یہ پوچھنا چاہتا ہوں کہ تمہارا میرے متعلق کیا خیال ہے ؟"

"میں آپ کو بہت اچھا سمجھتی ہوں" میں نے جلدی سے کہا.

"میرے اندر کوئی خامی ؟"

"خامی انسانیت کا لازمی جزو ہے"

"کیا میں اس قابل نہیں کہ تم مجھے اپنا بنالو؟"

میں نے گھبرا کر اس کی طرف دیکھا "کمال !"

"میں نے تمہارے ابا جان سے مفصل گفتگو کر لی ہے. انھوں نے کہا ہے کہ اگر صبحی تمہیں پسند کرلے تو ہمیں بڑی مسرت ہوگی"

میرا گلا بھر آیا. آنکھوں کے سامنے مجید کی تصویر آگئی.

"صبحی" کمال گھبرا کے "کیا میری باتیں تمہیں ناگوار گزریں ؟"
مجھے خاموش دیکھ کر پھر بولے "میں سچ کہتا ہوں صبحی اگر تمہیں کوئی اعتراض ہو تو ہرگز ایسی جرأت نہ کروں"

"نہیں کمال"

"پھر کیا بات ہے ؟"

"آپ مجھ سے کیوں پوچھتے ہیں"

"یہی کہا تھا تمہارے ابا جان نے"

"تو پھر ان سے کہہ دیجئے کہ ———"

"کیا کہوں بے صبری سے پوچھا !

"کہہ دیجئے کہ مجھے کوئی اعتراض نہیں" اور مجھے چکر سا آ گیا۔

پندرہ دن کے بعد کمال نے میرے ہاتھ میں ہیرے کی انگوٹھی پہنا دی جس کے بیچ میں بڑا سا یاقوت لگا ہوا تھا۔ منگنی کی دعوت کالج کھلنے پر قرار پائی جس دن کمال نے مجھے انگوٹھی پہنائی۔ اسی دن میں نے منٹل پیس سے مجید کی تصویر اٹھا کر باغ کے کونے میں پھینک دی۔ اب میں کمال سے محبت کرنا چاہتی تھی اور مجھے ڈر تھا کہ یہ تصویر مجھے باغی نہ بنا دے۔

منگنی کو ایک ہفتہ ہو گیا۔ نتیجہ نکل آیا۔ بھائی جان اور کمال سیکنڈ ڈویژن میں پاس ہوئے اور مجید فرسٹ ڈویژن میں آیا۔

باہر سائیکل کی گھنٹی بجی۔ میں نے دیکھا تو تار والا تھا۔ بھائی جان کے نام تار تھا۔ مگر میں نے جلدی سے کھول لیا: "مجید آ رہا ہے۔" میرا سر چکرا گیا —— کاش وہ کبھی نہ آتا! میں نے بھائی جان کو تار دیا اور اپنے کمرے میں چلی گئی —— مجھے ہر چیز پھیکی پھیکی اور بے رنگ معلوم ہونے لگی۔ جیسے ہر شئے میں کسی شئے کی کمی کا احساس ہوتا ہے! مگر مجبور تھی! کالج کھل گئے —— منگنی کی دعوت تھی اور مہمانوں کے ہجوم نے مجھے گھیر رکھا تھا۔ مجید آئے۔ چہرے پر غیر معمولی مسرت اور اطمینان کے آثار نمایاں تھے۔ میں نے صحن میں سے انھیں سائیکل کھڑی کرتے ہوئے دیکھا۔ اور فوراً اٹھ کر چل دی۔ بھائی جان اور کمال اس سے ملنے باہر بھاگے۔

میں بمشکل اپنے نگار خانے میں پہنچ سکی۔ معلوم ہوتا تھا کہ دل ایک بار زور سے دھڑک کر رک جائے گا۔ میں اس سے وہاں رک کر ضرور مل لیتی۔ مگر میں بے قصور کمال کی مسرتوں کا بھی تو بلا وجہ خون نہیں کرنا چاہتی تھی۔ زندگی کا یہ ڈھونگ میں نے اور مجید نے رچایا تھا۔ کمال کا اس میں کیا قصور تھا جو اسے سزا ملے۔

یہ سب سوچتے سوچتے نہ جانے کیوں دفعتہً میرے دماغ میں پھر یہ خیال آیا کہ "کیا اسے واقعی مجھ سے محبت ہے یا جب وہ دوسروں سے اکتا جاتا ہے تو میرے ساتھ کھیلنے لگتا ہے؟"

کسی کے قدموں کی آواز آئی۔ دیکھتی کیا ہوں کہ "مجید" ——

میرا دل دھک سے ہو گیا۔ پیروں تلے کی زمین نکل گئی۔

مجید کے چہرے پر وہی سنجیدگی تھی۔ غم البتہ نمایاں تھا۔ وہ دروازے پر آکر کھڑا ہو گیا۔ میں اسے اندر بھی نہ بلا سکی۔

اس نے ایک لمحہ مجھے دیکھا اور اندر آگیا جیب سے ایک ڈبیہ نکال کر میز پر رکھی۔ یہ ہیرے اور زمرد کے جڑاؤ کی ایک انگوٹھی تھی۔

"تمہاری منگنی کا تحفہ: خدا حافظ" اس نے ہاتھ بڑھاتے ہوئے کہا۔ اس کے ہاتھوں میں لغزش تھی۔ ہونٹ کپکپا رہے تھے۔ اس کی آنکھوں میں آنسو ڈبڈبا آئے مگر اس نے زہر آبِ مقدر کی اس مینا کو چھلکنے نہ دیا ——

"اچھا خدا حافظ ......" اس نے کہا۔ اس کی آواز بھرا رہی تھی۔

"کہاں جا رہے ہو؟" میں نے اٹک اٹک کر بمشکل اس سے پوچھا۔

"حنیفس کے ہاں ...... زندگی کو فریب دینے!" اس نے مجھے دیکھا اور چلا گیا۔

میری دنیا کمال ہے۔ اس میں سب کچھ اسی کا ہے۔ سوائے اس "کسک" کے جو آج بھی مجید ہی کی ہے بالکل اسی طرح جیسے کبھی مجید کی دنیا میں غیر ارادی طور پر کمال میرا تھا .... اور آج بھی ہے۔

تعارف افسانہ : چار دن کی چاندنی (صالحہ عابد حسین)

جب سے مغربی اور خصوصاً روسی مصنفین کے خیالات و افکار ہمارے ادب کا ایک نمایاں جزو بننے شروع ہوئے ہیں، ہمارے نقاد اور ادیب امیر اور غریب کی باہمی کشمکش کو منظر عام پر لانے کے لئے زورِ قلم دکھانے لگے ہیں۔ اس افسانے میں صالحہ عابد حسین کے خیال کا مرکز اگرچہ یہی ہے لیکن دائرہ بالکل مختلف اور وسیع تر ہے۔ انھوں نے نام نہاد ترقی پسند افسانہ نگاروں کی طرح نہ تو مزدور کی کدال کو آلۂ کار بنایا ہے اور نہ مالدار بنئیے کی توند کو تختۂ مشق۔ بلکہ ایک ایسی ہستی کا کردار پیش کیا ہے جو بیگار لینے والوں کے خلاف آواز بلند کرنے کے باوجود ادب کی دنیا میں خود بیگار کا بوجھ اٹھانے کے لئے مجبور رہے۔ انھوں نے ایک ایسے پہلو پر نظر ڈالی ہے جو یقیناً اچھوتا ہے اور اس انداز سے بیان کیا ہے کہ داد نہیں دی جاسکتی۔ زیبا دنیا میں ایک ادیبہ کی حیثیت سے مشہور ہونے کے لئے غریب زہرہ کو اسی طرح آلۂ کار بناتی ہے جس طرح بدنما خدوخال کی پردہ پوشی بازار سے خریدے ہوئے گلگونہ وغازہ سے ممکن کرلی جاتی ہے ندرت خیال کے علاوہ فنی اعتبار سے بھی یہ افسانہ کامیاب ہے۔ پھر زبان کی حلاوت نے اسے چار چاند لگا دیئے ہیں۔ ان کی نگارشات کا مطالعہ کرنے کے بعد خوشی کے ساتھ ساتھ تعجب ہوتا ہے کہ ایک ہندوستانی خاتون نے یہ عروج کیونکر حاصل کیا لیکن جب حقائق کو ملحوظ رکھتے ہوئے ہم غور کرتے ہیں کہ کس چمنستانِ ادب میں وہ پیدا ہوئیں، کس باغبان کے پرتوِ خیال نے ان کو پروان چڑھایا اور کس گلچین نے ان کے تصورات کی پنکھڑیوں میں رنگ بھرا تو ہمارا

استعجاب خود رفع ہو جاتا ہے۔ ان کے مختصر حالات زندگی حسب ذیل ہیں:۔

۱۱؍ستمبر ۱۹۱۳ء میں پانی پت میں میری پیدائش ہوئی۔

میں اپنے والد خواجہ غلام الثقلین مرحوم کی سب سے چھوٹی بیٹی ہوں۔ میری والدہ مولانا حالیؔ مرحوم کی بڑی پوتی تھیں۔

اپریل ۱۹۳۳ء میں ڈاکٹر عابد حسین سے میری شادی ہوئی

مجھے بچپن سے لکھنے پڑھنے کا بہت شوق تھا۔ خاندان میں خدا کے فضل سے اکثر افراد اچھے لکھنے والے سمجھے جاتے تھے۔ کچھ ماحول کے اثر اور کچھ ذاتی شوق سے مجھے بھی لکھنے کا شوق پیدا ہوا لیکن اوروں کے برعکس مجھے زیادہ تر قصے کہانیاں لکھنے کا شوق رہا۔ نو دس برس کی عمر سے میں قصے لکھ لکھ کر اپنے صندوقچے میں چھپاتی رہتی تھی کیونکہ خیال تھا کہ بزرگ شاید ناراض ہوں گے اور ہم عمر مذاق اڑائیں گے برسوں یہ جھجک باقی رہی لیکن میرے بڑے بھائی خواجہ غلام السیدین نے میری ہمت افزائی کی اور اس جھجک کو کم کر دیا۔ چنانچہ مختلف زنانہ و مردانہ رسائل میں افسانے اور ڈرامے شائع ہونے لگے۔ ۱۹۳۶ء سے ریڈیو پر تقریریں بھی ہونے لگیں جن کا سلسلہ اب تک جاری ہے میرے بارہ افسانوں اور ڈراموں کا مجموعہ "نقش اول" کے نام سے شائع ہو چکا ہے۔ ریڈیو کی تقریروں کا مجموعہ "بات چیت" اور افسانوں کا دوسرا مجموعہ "ساز ہستی" عنقریب شائع ہونے والا ہے۔ ایک ناول بھی زیر ترتیب ہے

اکثر سچے اور اصلی واقعات جو دل پر گہرا اثر ڈال سکیں میرے اَفسانے کی صورت اِختیار کر لیتے ہیں۔ میں کوشش کرتی ہوں کہ انسان کی زندگی اور سیرت کو ہمدردی سے دیکھوں اور سچائی سے دکھاؤں اور اپنے قصّے کے کردار سے اِس طرح گھل مِل جاؤں کے ان کے دُکھ سکھ کو اپنا دکھ سکھ سمجھ سکوں۔ اگر اس کوشش میں تھوڑی سی کامیابی بھی نصیب ہو جائے تو یہ میری خوش قسمتی ہے۔"

صَالحہ عَابد حسین

چار دن کی چاندنی

(۱)

زہرا اپنی چھوٹی سی کوٹھری میں لکڑی کی پرانی چوکی سامنے رکھے بیٹھی لکھ رہی تھی۔ کوٹھری میں دو پلنگ، ایک کونے میں پرانی دری پر لکڑی کی چوکور چوکی جس پر قلم دوات دو ایک کاپیاں اور دو تین پرانی سی کتابیں رکھی تھیں دو لوٹے، صراحی، ایک اِسٹول، ایک تپائی اور طاق میں لال ٹین تھی۔ کوٹھری کی ہر ہر چیز سے باوجود افلاس کے سلیقہ اور ترتیب ظاہر ہو رہی تھی اور کوٹھری کے مکینوں کی خوش مذاقی بھی۔

زہرا کا کتابی چہرہ کاپی پر جھکا ہوا تھا اور گھونگھر والے سیاہ بالوں کی منتشر لٹیں ماتھے پر سے ہوتی ہوئی کاغذ پر گری پڑتی تھیں سیاہ آنکھیں جن کے گرد گنجان لمبی لمبی پلکوں کا جنگلہ لگا ہوا تھا کاغذ پر جمی تھیں اور ایک سرخ رنگ کا ہولڈر اس کے مضبوط اور سڈول ہاتھ میں تیزی سے کاغذ پر حرکت کر رہا تھا۔ وہ تھوڑا سا لکھتی، قلم روک کر اسے پڑھتی۔ کبھی کبھی منہ بنا کر لکھے ہوئے کو کاٹ دیتی اور پھر دوبارہ لکھنے لگتی تھی۔ کچھ دیر بعد اس نے قلم ہاتھ سے رکھدیا اور کاپی اٹھا کر پڑھنے لگی۔ اس کا چہرہ خوشی سے چمک رہا تھا اور

ہونٹوں پر تبسم کھیل رہا تھا۔

زہرا کی ماں سلمہ کوٹھری میں داخل ہوئیں اور بولیں "زہرا بس اب ختم کر لکھنا۔" زہرا ایک دم تخیل کی دنیا سے مادی دنیا میں آپڑی۔ اس نے لمبا سا سانس لے کر قلم اور کاپی رکھدی اور اٹھ کھڑی ہوئی۔ سلمہ کی عمر چالیس پینتالیس سال سے زیادہ کی نہیں تھی مگر آفاتِ زمانہ اور قسمت کی گردش نے ابھی سے ان کے چہرے پر جھریاں ڈال دی تھیں اور آنکھوں میں حزن و ملال لہریں مار رہا تھا۔ زہرا ماں کے پاس آئی۔ وہ سولہ، سترہ سال کی دبلی لمبی، سیاہ آنکھوں، سیاہ بالوں اور گندمی رنگ کی لڑکی تھی جس کے چہرے پر ذہانت اور متانت نے مل کر ایک خاص قسم کی دلکشی پیدا کردی تھی۔ اس کے نازک جسم میں بید کی سی لچک اور پتلے خم دار ہونٹوں کی بناوٹ میں ہلکی سی مسکراہٹ نمایاں تھی آنکھوں کی گہرائیوں سے معلوم ہوتا تھا کہ وہ زندگی کے رموز کو غور سے دیکھنے کی عادی اور انسانی سیرت کے مشاہدے کی شائق ہے۔

ماں نے محبت بھری جھڑکی دے کر کہا: "صبح سے نہار منہ بیٹھی پڑھ رہی ہے کچھ کھا تو لیا ہوتا۔ پھر زیبا یا ان کی ماں بلالیں گی تو ناشتے کا وقت بھی نہ ملے گا۔"

زہرا نے محبت سے دونوں باہیں ماں کے گلے میں ڈال دیں "اماں پھر دن بھر لکھنے کا وقت بھی تو نہ ملتا۔"

دونوں ماں بیٹی کوٹھی کے وسیع صحن میں سے گزرتی باورچی خانہ میں آئیں جہاں پہلے سے دو تین ملازمہ عورتیں اور مغلانی وغیرہ موجود تھیں۔ ماں نے باسی روٹی اور سالن زہرا کے سامنے رکھا، مغلانی نے مرتبان سے

ایک مُربے کی پھانک نکال کر دی اور محبت بھرے لہجے میں بولی: "بیٹی آج دوپہر کو میرے خط ضرور لکھ دیجو۔" زہرا نے سر کے اشارے سے ہاں کہا۔ اتنے میں دوسری ماما لپک کر آئی اور بولی: "بیٹی ذرا یہ چھٹی تو پڑھ کر سنا دے۔" زہرا اس کا خط سنانے لگی ــــــــ

(۲)

کوٹھی کے ایک خوبصورت اور وسیع کمرے میں زیبا اخروٹ کی لکڑی کی نازک اور خوشنما میز کے سامنے مخملی کرسی پر بیٹھی سر جھکائے لکھنے میں مصروف ہے۔ لمبے لمبے سنہرے بال پشت پر پڑے بل کھا رہے تھے۔ آسمان کی طرح گہری نیلی آنکھیں کاغذ پر جمی ہوئی تھیں اور نازک نازک گورے گورے ہاتھ میں "پارکر" کا قیمتی قلم گردش کر رہا تھا۔ کچھ دیر بعد اس نے قلم چاندی کے قلم دان پر رکھ دیا۔ سیاہ نرم اور خوبصورت چمڑے کی جلد کی کاپی جس میں اعلیٰ درجے کے کاغذ منتھی کئے ہوئے تھے، اٹھا کر پڑھنے لگی۔ چہرے پر خوشی کی سرخی جھلک آئی جس نے اس کے حسین چہرے کو اور زیادہ چمکا دیا اس نے ایک انداز سے انگڑائی لی اور گھنٹی بجائی۔ ایک ملازمہ اندر داخل ہوئی۔ زیبا نے کہا "زہرا کو بھیجو۔" ملازمہ نے خوشامدانہ لہجے میں کہا: "بیوی ابھی آپ نے بال بھی نہیں بنائے، غسل بھی نہیں کیا، غسل خانے میں سامان لگا دوں؟ میں صدقے، صبح سے لکھتے لکھتے تھک گئی ہوں گی۔" زیبا نے تنک کر جواب دیا: "کچھ نہیں۔ زہرا کو بھیجو پھر آنا۔"

زہرا کمرے میں داخل ہوئی اور زیبا کو سلام کر کے میز کے پاس جا کھڑی ہوئی۔

زیبا،" زہرا ادھر آؤ۔ دیکھو میں نے آج اپنا قصہ پورا کر لیا ہے۔ پڑھو کیسا ہے؟"

زہرا نے کاپی لے کر کھڑے کھڑے پڑھنا شروع کر دیا۔ زیبا شوق اور فخر کے ساتھ زہرا کے ساتھ ساتھ پڑھتی جاتی تھی۔ زہرا نے قصہ ختم کر کے کاپی زیبا کے پاس رکھ دی اور خود چپ چاپ کھڑی رہی۔

زیبا نے کچھ انتظار کے بعد کہا "کیوں زہرا کیسا قصہ ہے پسند آیا؟" زہرا ذرا ہچکچائی اور رک رک کر بولی" قصہ تو اچھا ہے مگر آپ برا نہ مانیں تو ایک بات کہوں؟" زیبا نے تیوری پر بل ڈال کر کہا" کہو کیا کہتی ہو؟"

زہرا:۔ میرا خیال ہے کہ میں نے بالکل اس سے ملتا جلتا قصہ کہیں پڑھا ہے زیبا چونک سی پڑی اور جیسے وار کو روکتے ہوئے بولی:" اس میں تعجب کی کیا بات ہے ممکن ہے میرے اور کسی اور مصنف کے خیالات لڑ گئے ہوں"

زہرا نے پس و پیش کے بعد کہا۔

دیکھئے زیبا آپا میں اعتراض کی غرض سے نہیں کہہ رہی ہوں لیکن اس طرح لوگ بدگمان ہو جاتے ہیں۔ بے شک اکثر کسی قصہ کے مطالعہ کے بعد اس کا اثر دل پر گہرا پڑتا ہے اور بے خیالی میں لکھتے وقت اسی قسم کی باتیں لکھ دی جاتی ہیں مگر یہ بات اچھی نہیں سمجھی جاتی"

زیبا جھنجھلا کر بولی:" خواہ مخواہ کی بات۔ ابھی دو مہینے ہوئے جو قصہ میں نے لکھا تھا۔ اسے بھی تم نے کہا تھا کہ اس قسم کا قصہ پہلے کہیں میں نے پڑھا ہے مگر جب میں۔ نے عورتوں کے ایک رسالے میں اسے بھیجا تو چھپ گیا۔ اب دوسرے رسالے میں اسے بھیجوں گی۔ دیکھنا تو سہی اگلے مہینے یہ ضرور چھپ جائیگا۔ تم خواہ مخواہ بدگمانی کرتی ہو؟

زہرا چپ چاپ سنتی رہی آخر بولی " زیبا آپا ایک کتاب اور دیدیجئے پہلی تو میں نے پڑھ لی "

زیبا :۔" دوپہر کو لے جانا اس وقت کون اُٹھ کر نکالے۔ ہاں تم بھی تو قصہ لکھ رہی تھیں وہ پورا ہو گیا یا نہیں؟"

زہرا :۔" ابھی تو تھوڑا سا باقی ہے " زہرا باہر چلی گئی۔ زیبا کچھ دیر متفکر بیٹھی قصہ کو دیکھتی رہی پھر اُنھ ' کر کے اٹھی۔ دراز سے صندلی رنگ کا بڑا سا لفافہ نکالا' اس میں قصہ رکھکر اوپر ایک مشہور زنانہ رسالے کا پتہ لکھا اور ملازمہ کو بلاکر کہا :۔" اسے ڈاک میں ڈلوادو " پھر اطمینان کا سانس لے کر نہانے کے لیے چلی گئی ۔

(۳)

وسیع برآمدے میں آرام کرسی پر زیبا اور پاس چھوٹی کرسی پر مس نیلی مشن اسکول کی استانی بیٹھی تھیں۔ نیچے دری پر زہرا بیٹھی غور سے ان کو پڑھاتے سن رہی تھی ۔

مس نیلی :۔" زیبا بیگم آپ کو میں نے مضمون لکھنے کو دیا تھا کیوں نہیں لکھا؟"

زیبا :۔" مجھے وقت نہیں ملا "

مس نیلی :۔ (خفگی کے لہجے میں) میری سمجھ میں نہیں آتا آپ کو ایسا کون سا کام کرنا پڑتا ہے کہ آپ لکھنے کا معمولی کام بھی نہیں کرسکتیں " زیبا کی والدہ " بیگم صاحب " آگئیں اور آتے ہی بولیں " بس جی مس صاحب بس ' میری بچی تھک گئی ہو گئی بڑی دیر ہو گئی ہے "

مس نیلی :" بیگم صاحب ابھی تو پورا سبق بھی نہیں پڑھا۔ پندرہ بیس منٹ تو اور پڑھا لوں "

بیگم صاحب :" نہ بوا بس، اب تم جاؤ۔ بچی کب سے پڑھ رہی ہے اس کا سر چکرا گیا ہوگا۔ چلو بیٹی چل کر کپڑے بدل لو۔ مسز اشرف آئی بیٹھی ہیں وہ تمہیں سینما لے جانا چاہتی ہیں "

زیبا کاپی کتاب چھوڑ ماں کے ساتھ چلی گئی اور مس نیلی بڑ بڑاتی رہ گئیں " یہ کیا خاک پڑھ سکتی ہیں۔ جن کے ہر وقت ایسے بے تکے لاڈ پیار ہوتے رہیں زرا سے پڑھنے سے سر چکرا جائے، کام دو تو وہ نہ کریں۔ ان کی لیاقت کیسے بڑھ سکتی ہے "

زہرا اٹھکر زیبا کی کتابیں وغیرہ اٹھانے لگی اور چلتے چلتے مس نیلی سے بولی " مس صاحب میرا جی انگریزی پڑھنے کو چاہتا ہے۔ تھوڑی سی زیب آپا سے پڑھی ہے پر وہ پانچ دس منٹ سے زیادہ نہیں پڑھاتیں۔ اگر آپ تھوڑی سی پڑھا دیا کریں تو میں بھی جو کام آپ کا کر سکتی ہوں بڑی خوشی سے کر دیا کروں گی " مس نیلی نے محبت سے زہرا کی طرف دیکھا " زہرا تم ہمیں بڑی اچھی لگتی ہو۔ ہم تمہیں بڑے شوق سے پڑھائیں گے مگر ڈپٹی صاحب کا خوف ہے کہ وہ ناراض نہ ہوں تم ان سے اجازت لے لو " مس نیلی تو یہ کہہ کر چلی گئیں اور زہرا ہاتھ میں کتابیں لئے ان کی طرف دیکھتی رہی۔

(۴)

زہرا کمرے میں داخل ہوئی تو دیکھا کہ زیبا پریشان اور ناراض سی بیٹھی کوئی خط پڑھ رہی ہے اور میز پر وہ افسانہ پڑا ہے جو رسالہ میں بھیجا تھا۔

زہرا کو دیکھ کر زیبا نے نظریں پھیر لیں۔ زہرا نے ہمدردی کے لہجے میں کہا۔ "کیا ہوا زیبا آپا؟"

زیبا: "زہرا" یہ کمبخت رسالے والے کسی کی محنت یا شوق کی ذرا پروا نہیں کرتے۔ اپنے دوستوں اور عزیزوں کے بدسے بدتر مضمون چھاپ دیں گے، خود دوسروں کے قصوں کو کانٹ چھانٹ کر اپنا بنا کر چھاپ دیں اور دوسروں کو صاف جواب دے دیتے ہیں۔"

زہرا: "کیا افسانہ واپس کر دیا؟"

زیبا: "ہاں، اور لکھا ہے کہ تم محنت سے لکھا کرو۔ اگر افسانہ نگار بننے کا شوق ہے تو اس کے لئے محنت کی ضرورت ہے اور ـــــ اور اس کے علاوہ یہ بھی لکھا ہے کہ قصہ خود سے لکھا کرو۔ دوسروں کے قصوں سے ـــــ چرایا ہوا نہ ہو۔ بدتمیز ہیں چور بناتے ہیں۔"

زہرا کچھ دیر چپ رہی پھر بولی "آپ کیوں ان لوگوں کو اپنے قصے بھیجا کرتی ہیں جو ایسی باتیں سنتی ہیں۔" زیبا نے ٹھنڈی سانس لی۔ "زہرا تم میرے دل کی حالت نہیں جان سکتیں۔ تمہیں کیا خبر کہ مجھے اس کی کس قدر آرزو ہے کہ اخبار رسالوں میں میرے مضمون اور افسانے چھپیں۔ لوگ میری اور میرے قصوں کی تعریفیں کریں۔ اور ادبی دنیا میں میرے نام کا ڈنکا بجنے لگے۔ اسی لئے میں بار بار مضمون اور قصے لکھ کر بھیجتی ہوں لیکن زیادہ تر واپس آجاتے ہیں۔ دس میں سے ایک ہی چھپتا ہوگا۔ جس دن میری یہ آرزو پوری ہو جائے گی اپنے کو دنیا کی خوش نصیب ترین لڑکی سمجھوں گی"

زہرا۔ "تو پھر ان کے مشورے پر عمل کیجئے۔ محنت سے سوچ کر لکھا کیجئے، بار بار عبارت کو پڑھ کر درست کیا کیجئے۔ قصے کا پلاٹ وغیرہ پہلے سے

سوچکر خاکہ بنالیا کیجئے پھر انشاء اللہ یہی اڈیٹر جو آج ناک بھوں چڑھاکر آپ کے مضمون واپس کردیتے ہیں ہاتھوں ہاتھ لیں گے۔"

زیبا نے تھکے ہوئے انداز سے انگڑائی لی "بھئی مجھ سے زیادہ محنت ہوتی ہی نہیں ذرا دیر لکھنے سے سر چکرانے لگتا ہے، درد ہوجاتا ہے، تھک جاتی ہوں۔ اور پھر جی بھی تو گھبرا جاتا ہے اور مجھے فرصت بھی تو نہیں ملتی۔ کبھی ڈنر، کبھی پارٹی، کبھی سینما، کبھی جلسہ۔ مہمانوں کی خاطر تواضع۔ سارا وقت ان ہی کے کاموں میں صرف ہوتا ہے۔ صبح کا وقت ذرا فرصت کا ہوتا ہے اس میں اگر لکھنے بیٹھتی ہوں تو ممی ناراض ہونے لگتی ہیں۔"

زہرا:۔" ہاں یہ تو ہے۔"

زیبا:۔" تم بڑی خوش نصیب ہو کہ ان سب جھنجھٹوں سے آزاد ہو اور اپنا فرصت کا وقت لکھنے پڑھنے میں صرف کرسکتی ہو اور تمہاری صحت بھی اچھی ہے۔"

زہرا آخری فقرے پر مسکرائے بغیر نہ رہ سکی۔ اس نے اچٹتی نظر سے زیبا کے سرخ و سفید رنگ اور بھرے بھرے جسم کو دیکھکر اپنے کو دیکھا اور مسکراہٹ کو چھپاکر بولی۔

"جی ہاں محنت تو میں خوب کرسکتی ہوں۔ غریب ماں کی بیٹی ہوں ہمیشہ صبح سے شام تک کام کرنے کی عادت ہے مگر متفرق کام میرا سارا وقت لے لیتے ہیں اور لکھنے پڑھنے کی فرصت بہت کم ملتی ہے۔ اور دل بھر کر پڑھ نہیں سکتی۔" یہ کہتے کہتے زہرا کی آنکھیں آب گوں ہوگئیں اور اس نے اپنا چہرہ پھیر لیا کہ زیبا اس کے آنسو نہ دیکھے۔

زہرا جانے کو کھڑی ہوئی تو زیبا نے کہا وہ قصہ جو تم لکھ رہی تھیں پورا

ہو گیا ہو تو دکھاؤ نا۔ زہرا گئی اور اپنی کاپی اٹھا لائی۔ زیبا دلچسپی سے پڑھتی رہی آخر میں ایک تجربہ کار ادیب اور نقاد کی شان سے کہا "خاصا ہے" زہرا کا اشتیاق سے چمکتا ہوا چہرہ ماند پڑ گیا۔

"آپ کو پسند نہیں آیا؟" زیبا نے اپنے حسد کو چھپاتے ہوئے کہا "ہاں ہاں پسند کیوں نہ آتا اچھا خاصا تو ہے۔" پھر کچھ دیر بعد بولی "کیوں زہرا اسے چھپوا دوں۔" زہرا نے کچھ شرماتے ہوئے کہا: "زیبا آپا یہ بھلا اس قابل کہاں کہ چھپ سکے۔ ایڈیٹر واپس کر دیں گے۔"

زیبا:۔" میرا خیال ہے کہ چھپ جائے گا۔"

زہرا:۔" مجھے تو شرم آئے گی۔" زیبا ایک دم خوشی سے اچھل پڑی جیسے اسے کوئی بڑے کام کی بات سوجھ گئی ہو۔" اچھا اگر تم شرماتی ہو تو میں اسے اپنے نام سے بھیج دوں ——— واپس آ بھی گیا تو کیا ہے۔ میں تو اس کی عادی ہو گئی ہوں۔" زہرا جس کی دلی آرزو تھی کہ میرے نام سے کوئی افسانہ یا مضمون چھپے۔ اور محض جھجک کی وجہ سے انکار کر رہی تھی چپ کی چپ رہ گئی۔ زیبا نے کہا "کیوں ٹھیک بات ہے نا؟"

زہرا:۔" مگر ...." زیبا ہنسی " میں تمہارا افسانہ کھا تھوڑا ہی جاؤں گی۔ کسی کے نام سے چھپے۔ ہے گا تو تمہارا ہی۔ تو بھیج دوں نا؟" زہرا نے مری سی آواز سے کہا " اچھا"۔

بیگم صاحب اچانک کمرے میں آگئیں۔ زہرا گھبرا کر اٹھ کھڑی ہوئی اور زیبا بھی کچھ سہم سی گئی" زیبا تمہیں اپنی صحت کا خیال ہے۔ نہ میری عزت کا۔ ہر کوئی کہتا ہے کہ ڈپٹی صاحب کی لڑکی عجیب ہے جسے نہ سوسائٹی سے دلچسپی ہے نہ کھیل تماشوں سے جب دیکھو لکھنا، جب دیکھو لکھنا۔ نصیبِ اعداصحت

خراب ہوگئی تو کیا ہوگا۔ بیوقوف۔"

زیبا:۔" (ہنس کر) ممی آپ تو خواہ مخواہ پریشان ہوتی ہیں۔ میں کبھی بھی تو گھنٹے ڈیڑھ گھنٹے سے زیادہ نہیں لکھتی پڑھتی (منہ بنا کر) اور ممی کیا کروں مجھے یہ جلسے، پارٹیاں کھیل تماشے اچھے نہیں لگتے، الجھن ہوتی ہے۔"

بیگم صاحب:۔ بس رہنے دو یہ اپنی منطقی باتیں۔ بھلا دنیا میں کہیں سنا ہے کہ جوان لڑکی' امیر باپ کی بیٹی اوران باتوں سے گھبرائے۔ آج شام لیڈی شاہ کے ہاں پارٹی ہے۔ وقت پر تیار ہوجانا۔" زیبا نے اطمینان دلایا" آپ بے فکر رہیں ممی۔" ممی نے یکایک زہرا کی طرف دیکھا: تیوری چڑھ گئی آواز کی نرمی غائب ہوگئی۔" لڑکی یہاں کیا کر رہی ہے۔ سارا کام پڑا جھک مار کرتا ہے اور تو یوں وقت ضائع کرتی رہتی ہے۔"

زیبا:۔ ممی زہرا کو میں نے کام سے روک لیا تھا (لاڈ کے لہجے میں) ممی زہرا کو بس میرے ہی کام کے لئے کر دیجئے۔

بیگم صاحب:۔" کیوں؟ دو دو چھوکریاں تو حاضر رہتی ہیں۔ اگر اور ضرورت ہو تو میں مغلانی کی چھوکری سے کہہ دوں گی۔ زہرا سے سوا اِدھر اُدھر کے گپ شپ کے کیا خاک کام ہوگا تمہارا۔"

زیبا:۔" ممی وہ تو بس بدتمیز اور بے ڈھنگی ہیں۔ زہرا سلیقہ اور تمیز سے کام کرتی ہے۔"

بیگم:۔" یہ اور بھی سر چڑھ جائے گی۔"

زہرا کا چہرا سرخ ہوگیا تھا وہ چپ چاپ کمرے سے نکل گئی۔

بیگم صاحب:۔" دیکھا اس چھوکری کا غرور۔ ماں بیٹی نہ جانے اپنے کو کیا سمجھتی ہیں۔ ذرا سی بات کہو فوراً تیوری پر بل پڑجاتے ہیں۔ میری مہربانی

اور غربا پروری ہے کہ ایسے دماغ داروں کو اپنے گھر میں جگہ دے رکھی ہے۔ یہ کمبخت غریب رشتے دار بھی جان کا عذاب ہوتے ہیں ——"

زیبا:۔ (کچھ مکدر سی ہو کر) توبہ ایسی بات نہ کہیئے۔ غریب ہیں تو کیا ہوا انسان تو ہیں۔ پاپا کی عزیز تو ہیں۔ میں نے سنا ہے زہرا کے باپ بڑے آن بان والے تھے جیتے جی کسی کا احسان نہیں اٹھایا۔ نہ بیچارے مرتے نہ ان کو ہمارے ہاں آنا پڑتا۔ یہ وہ مفت کی روٹیاں تو نہیں کھاتیں۔ آپ کا کس قدر کام دونوں کرتی ہیں اور انہیں بدلہ میں کیا ملتا ہے محض کھانا کپڑا اور وہ بھی خراب سراب۔ چار نوکروں کے برابر کام کرتی ہیں سلمہ پھپی!"

بیگم صاحب:۔ (غصے سے) بس بند کر اپنی بکواس۔ آئی وہاں سے بڑی حمایتی بن کر۔ جب دیکھو باپ بیٹی ٹکر پلانے کھڑے ہو جاتے ہیں۔ تبھی تو ان کے دماغ نہیں سمائے پڑتے" زیبا نے ماں کے گلے میں باہیں ڈال کر خوشامد کے لہجے میں کہا "میری ممی —— خفا ہو گئیں اپنی زیبی سے" ممی مسکرائیں اور بیٹی کو گلے لگا لیا۔ جانے لگیں تو زیبا نے پھر کہا "اچھا تو اجازت ہے نا آج سے زہرا صرف میرے کام کے لئے ہو گئی" ممی نے ناک چڑھائی "خیر تمہاری مرضی پر اسے سر نہ چڑھانا اور نہ زیادہ گھلنا ملنا ورنہ یونہی برابر والوں میں چہ میگوئیاں ہوں گی" بیگم صاحب یہ کہہ، تنتی ہوئی باہر چلی گئیں اور زیبا نے پھر زہرا کا افسانہ اٹھا کر پڑھنا شروع کر دیا۔

(۵)

تین سال گزر گئے ....

زیبا کا نام اب ادبی دنیا میں تعارف کا محتاج نہیں رہا۔ وہ افسانوی

دنیا میں کافی مشہور ہو چکی ہے۔ اس کے افسانے نہ صرف زنانہ رسالوں بلکہ مردانہ ادبی رسالوں میں بھی خوشی کے ساتھ شایع کیے جاتے ہیں۔ اس کی تحریر روز بروز زیادہ پختہ، زبان زیادہ سلیس اور بیان بہت دلنشین ہوتا جاتا ہے۔ اس کی حقیقت نگاری اور سیرت نگاری سب سے زیادہ لوگوں کو متاثر کرتی ہے۔ اس کے افسانوں میں زیادہ تر غریب اور متوسط درجے کے لوگوں کی زندگی کی تصاویر پیش کی جاتی تھیں اور حیرت یہ ہے کہ زیبا دولتمند باپ کی بیٹی اونچی سوسائٹی کی روح رواں، ان کی بالکل صحیح عکاسی کرتی تھی۔

زیبا اب بہت خوش ہے۔ اس کا حسین چہرہ پھول کی طرح شگفتہ رہتا۔ اسکی دیرینہ آرزو پوری ہو چکی ہے کیونکہ اس کا نام ادبی دنیا میں درخشندہ تارے کی طرح چمک رہا ہے۔ وہ سارے دن اپنے دلچسپ مشاغل سیر و تفریح، جلسوں پارٹیوں، سنگار و آرائش اور اپنے دوسرے محبوب شغل موسیقی کی تکمیل میں مصروف رہتی ہے۔ اس کی آواز قدرتی طور پر رسیلی اور لچک دار ہے جو سننے والوں کو مسحور کر لیتی ہے۔ بیگم صاحب کو اس سے بے پروائی یا البیلے پن کی کوئی شکایت نہیں۔ زیبا کی دوستیں حیرت کرتی ہیں کہ زیبا جو سوسائٹی کی جان ہے کس طرح ان شہ پاروں کے لئے وقت نکال لیتی ہے۔ اگر یہ سوال زیبا سے کیا جاتا ہے تو وہ عموماً ایک ہلکی سی دلربا مسکراہٹ سے جواب دیتی ہے: "رات کے وقت"

زہرا کی صحت اب تین سال پہلے کی سی نہیں رہی، وہ زیادہ تر خاموش رہنے لگی ہے۔ آنکھوں کی سنجیدگی اور گہرائی بھی بڑھ گئی ہے۔ ہاں ہونٹوں کا ہلکا سا تبسم اب بھی برقرار ہے اگرچہ غور سے دیکھنے والوں کو اس مسکراہٹ میں دلگیری کا عکس بھی نظر آ سکتا ہے۔

زیبا کے کہنے سے ڈپٹی صاحب نے زہرا کو مس نیلی سے انگریزی پڑھنے کی اجازت دیدی تھی اور تین سال سے زہرا برابر ان سے پڑھ رہی ہے، ان تھک محنت اور بے پایاں شوق کی وجہ سے اس نے انگریزی اچھی خاصی سیکھ لی ہے اور جو کتابیں زیادہ مشکل نہ ہوں انھیں آسانی سے پڑھ لیتی ہے۔ زہرا نے زیبا کے کتب خانے کی کل کتابیں تو پڑھ ہی لی تھیں جن میں زیادہ تر اردو اور انگریزی ناولوں اور قصوں کی بھرمار تھی۔ اس کے علاوہ وہ زیبا کی معرفت ڈپٹی صاحب کے کتب خانے میں سے بھی (جسے انھوں نے خدا جانے کیوں رکھ چھوڑا تھا۔) اچھی اچھی بلند پایہ کتابیں منگوا کو پڑھا کرتی تھی۔

وہ دن بھر میں زیبا کے چھوٹے موٹے کام کرتی، ماں کا ہاتھ بٹاتی، اور بیگم صاحب کے نادری حکم احکام بھی بجا لانے پڑتے ہی تھے۔ دوپہر کو مطالعہ اور رات کو کئی گھنٹے لکھتی بھی ضرور تھی۔ ماں اکثر ٹوکتی رہتی کہ پڑھنے لکھنے کا ایسا جنون ٹھیک نہیں کہ رات کو بھی آرام نہ لے۔ روز بروز دبلی ہوتی جاتی ہے۔ مگر زہرا ہنس کر بات ٹال دیتی۔ ایک دن سلمہ نے سختی کے ساتھ ٹوکا " زہرا آخر تو یہ بکھا کیا کرتی ہے۔ جب دیکھو لکھ رہی ہے۔ جب دیکھو لکھ رہی ہے۔ اور آخر یہ سب ہوتا کیا ہے۔ زیب النساء کے لکھنے کی ہر جگہ دھوم ہے جسے دیکھو تعریف کیا کرتا ہے۔ حالانکہ میں کبھی اسے لکھتا نہیں دیکھتی۔ ایک تو ہے کہ دن رات اسی خبط میں گرفتار رہتی ہے اور کوئی جانتا بھی نہیں کہ اسے بھی کچھ لکھنا پڑھنا آتا ہے کہیں ایسا تو نہیں کہ زیب النساء کو تو لکھ کر دیتی ہے؟" زہرا کا چہرہ پہلے زرد اور پھر سرخ ہو گیا۔

"اماں آپ خواہ مخواہ کی بدگمانی کرتی ہیں زیبا آپا مجھ سے کہیں زیادہ لیاقت رکھتی ہیں، بھلا میں انھیں لکھ کر دوں گی؟"

سلمہ :۔" پھر آخر تو کیا لکھا کرتی ہے؟"

زہرا :۔" کچھ نہیں وہ مجھے اپنے مضمون اور افسانے نقل کرنے کو دیتی ہیں انھیں نقل کیا کرتی ہوں۔"

سلمہ :۔" آخر یہ بلا کیوں اپنے سر لی پہلے ہی کیا کم کام تھے کہ یہ بھی انھیں تجھی سے کرانا تھا۔"

زہرا کی آنکھیں آب گوں ہوگئیں " اماں آپ جانتی تو ہیں مجھے کتابیں پڑھنے اور انگریزی سیکھنے کا کس قدر شوق تھا اور ہے۔ زیبا آپا اسی شرط پر ان دونوں باتوں پر راضی ہوئیں کہ میں ان کے لئے ــــــ ان کے مضمون نقل کر دیا کروں۔"

ماں نے متفکرانہ انداز سے کہا " مجھے تو تیری صحت کی طرف سے فکر ہوگیا ہے روز بروز دبلی اور کمزور ہوتی چلی جاتی ہے۔ میں آج بھائی ــــــ اُنھ ــــــ ڈپٹی صاحب سے کہوں گی کہ کسی ڈاکٹر کو دکھا کر نسخہ لکھوا دیں۔ بیگم کتنی ہی کڑکڑائیں طعنے تشنے دیں، پر میری بچی کی صحت سب سے زیادہ ضروری ہے۔"

زہرا نے آہستہ سے کہا :۔" آپ تو خواہ مخواہ وہم کرتی ہیں۔" پھر کسی گہری سوچ میں ڈوب گئی۔ اور اس طرح جیسے اپنے آپ سے باتیں کرتی ہو بولی " ماں ــــــ ماں کا دل۔ اے ماں تو کیسی مقدس، کیسی انمول کتنی پیاری ہستی ہے۔ تو ایثار و قربانی کی دیوی۔ صبر و برداشت کا مجسمہ۔ محبت اور خلوص کا سمندر ــــــ ماں تجھے آفریں ہے۔ تو اولاد کے لئے کیا نہیں سہتی ماں ــــــ آہ ماں ــــــ ماں۔" اور وہ خلا میں نہ جانے کیا دیکھے جا رہی تھی اور سلمہ حیرت اور تشویش کے ساتھ اس کا منہ تک رہی تھی۔

(۶)

مس زیبا۔

تسلیم۔

آپ کا تازہ افسانہ "ماں" کل ہی میں نے پڑھا۔ یوں تو میں مدت سے آپ کے افسانوں کا دلدادہ ہوں مگر "ماں" تو مجھے بہت ہی پسند آیا۔ کیا انداز بیان ہے، کیا حسن ادا ہے اور ماں کی ایک سچی اور اصلی ماں کی —— کیسی حقیقی تصویر کھینچی ہے۔ جی چاہتا تھا آپ کا قلم کہیں سے مل جائے تو اسے چوم لوں۔ میں ظاہر داری کے طور پر نہیں کہہ رہا بلکہ دل سے یہ سمجھتا ہوں کہ آپ اردو کی بہترین افسانہ نگار خواتین میں سے ہیں —— اور ایک دن اردو کے چوٹی کے افسانہ نگاروں میں آپ کا شمار ہوگا۔

کیا آپ مجھ سے خط وکتابت رکھنا پسند کریں گی۔ آپکے والد اس کی اجازت دیدیں گے؟

آپ کا مدّاح

احمد نسیم۔ مینا"

زیبا کا چہرہ خط پڑھتے پڑھتے چمکنے لگا۔ بار بار پڑھا۔ آخر نہ رہا گیا تو زہرا کو بلا کر دکھایا۔ زہرا بھی مسکرا پڑی چہرے پر ایک رنگ سا آیا اور گزر گیا۔

"زیبا آپا، یہ وہی نسیم ضیا تو نہیں جن کی نظمیں اور غزلیں رسالوں میں چھپا کرتی ہیں اور ہاں ان کی نظموں کا ایک مجموعہ "ضیا بار" کے نام سے میں نے پڑھا بھی ہے۔"

زیبا: "ہاں ہاں وہی ہوں گے اور کون ہوتے۔"

زہرا: "بڑے اچھے شاعر ہیں۔"

زیبا: "خط کا جواب ضرور دینا چاہیے۔ کہیں ڈپٹی صاحب ناراض نہ ہوں۔ اُنہ مجھے ان کی ناراضگی کی کیا پرواہ ہے۔ بڈھوں کو تو ہر بات میں دخل دینے اور جوانوں کی دلچسپیوں میں حائل ہونے کا شوق ہوتا ہے۔ اتنا بڑا شاعر اور ادیب میری اس قدر تعریف کر رہا ہے اور میں جواب بھی نہ دوں۔ واہ۔"

زہرا: "جیسی آپ کی مرضی۔"

زیبا: "اچھا تو میں خط لکھ رکھوں گی تم اسے نقل کر دینا۔"

زہرا: "آپ خود ہی نہ لکھ کر بھیج دیئے۔"

زیبا: "جانتی تو ہو کہ میرا خط اچھا نہیں۔ پھر انھیں کیسے بھیج دوں (ہنس کر) کہیں گے ایسی بڑی ادیبہ اور اتنا برا خط۔"

زہرا: "لازمی تو نہیں کہ اچھے ادیب کا خط بھی اچھا ہو۔ عموماً خراب ہی ہوتا ہے۔"

زیبا: "پر تمہارا تو اچھا ہے نا۔" یہ کہہ کر زیبا نے مسکرا کر زہرا کی طرف دیکھا۔ زہرا زمین کی طرف تک رہی تھی۔ جواب نہیں دیا۔

زیبا اور ضیا کی خط و کتابت کا سلسلہ کئی مہینے تک جاری رہا۔ اب زیبا اپنے خوبصورت ستار اور ننھے وائلن پر صرف ضیا کی غزلیں گایا کرتی اور کبھی کبھی تنہائی میں زہرا کو بھی ضیا کا کوئی شعر گنگناتے سن ہی لیا۔

(۷)

بیگم صاحب!

میرے ایک مرحوم دوست کا لڑکا احمد نسیم یہاں نوکر ہو کر آرہا ہے میں نے اسے لکھا ہے کہ جب تک مکان وغیرہ کا انتظام ہو وہ یہیں ٹھیرے "گسٹ روم" اچھی طرح صاف کرا دیجئے گا۔" شام کی چائے پر ڈپٹی صاحب نے بیگم صاحب سے کہا۔

زیبا اچھل پڑی۔ "پاپا یہ احمد نسیم کون صاحب ہیں؟" انھوں نے مختصر سا جواب دیا۔ "کہا تو میرے دوست کا لڑکا ہے۔"

"تو آخر یہاں کیوں آرہے ہیں؟"

"یہاں کالج میں لکچرر ہو کر آرہا ہے۔ ایم۔اے پاس ہے اور ریسرچ کر رہا ہے پی۔ ایچ۔ ڈی کی ڈگری کے لئے۔" زیبا نے اپنے شوق کو دباتے ہوئے کہا۔ "یہ صاحب شاید شاعر بھی تو ہیں۔"

"ممکن ہے ہوں۔ تخلص کا دُم چھلا تو نام کے پیچھے لگا ہوا ہے۔"

"کیا ہے تخلص؟"

"ضیا"

بیگم صاحب نے کہا "زیبا ڈارلنگ ذرا زہرا سے کہہ کر اچھی طرح "گسٹ روم" کی صفائی کرا دو اور تم خود دیکھ لینا کہ کوئی ضرورت کی چیز وہاں رکھنے سے رہ نہ جائے۔"

زیبا خوشی سے ناچتی کودتی، ضیا کا شعر گنگناتی کمرے سے نکلی اور جا کر زہرا کو جھنجھوڑ ڈالا۔

"زہرا ۔ زہرا وہ آ رہے ہیں ۔ وہ"۔ زہرا نے حیرت سے زیبا کو دیکھا "وہ کون؟" "وہی ۔۔۔۔ وہی ۔۔۔۔۔۔ احمد نسیم ۔ منیا چارے پن فرنڈ"۔ فرطِ مسرت سے پورے جملے زیبا کے منہ سے ادا نہیں ہو رہے تھے ۔

دونوں خوش خوش اٹھیں اور مہمانوں کا کمرہ مستعدی سے سجانے لگیں ۔ باوجود سب گھر والوں کی ناپسندیدگی کے زیبا کا رویہ زہرا سے بہت محبت کا اور بہنوں جیسا تھا ۔ وہ اس سے کام بھی ضرور لیتی تھی مگر تحکم سے نہیں اور نہ کسی موقع پر اس کی تحقیر کرتی تھی، بلکہ اکثر اس کی خوشامد سی کرنے لگتی ۔ ادھر کچھ دن سے وہ زہرا کو کچھ زیادہ افسردہ اور اکھڑا اکھڑا سا محسوس کر رہی تھی جس کی وجہ زیبا کی سمجھ میں نہ آتی تھی ۔ سب کام ہو چکا تو زیبا زہرا کے ساتھ ساتھ اس کی کوٹھری میں چلی آئی ۔

زیبا :۔ "زہرا افسانہ تیار ہو گیا"

زہرا :۔ "ابھی تو نہیں"

زیبا :۔ "کتنے دن ہو گئے شروع کئے آخر کب تک دو گی"

زہرا :۔ "نہ جانے دماغ کو کیا ہو گیا ہے ۔ لکھا ہی نہیں جاتا ۔ اور فرصت بھی کہاں ملتی ہے"

زیبا :۔ "آج کل تم بہانے بہت بنانے لگی ہو ۔ میری اچھی زہرا جلدی سے تیار کر دو بڑی ضرورت ہے ۔۔۔۔"

زہرا یہ سن کر کچھ پریشان سی ہو گئی "زیبا آپا افسانہ لکھنا کوئی خط لکھنا تو ہے نہیں کہ ذرا دیر میں گھسیٹ کر رکھ دیا ۔ جب تک دماغ میں کوئی پلاٹ نہ آئے اُسے لکھنے کے لئے اطمینان اور فرصت نہ ملے کیسے لکھا جا سکتا ہے ۔ جو چیز جلدی میں اور زبردستی لکھوائی جائے گی وہ اچھی بھی نہیں ہو سکتی"۔ زیبا نے ناراضگی اور

تعجب سے زہرا کی طرف دیکھا اور بگڑ کر بولی "آج کل تم اس قدر اکھڑی اکھڑی باتیں کیوں کیا کرتی ہو۔ تمہیں ہو کیا گیا ہے جس قدر میں خاطر خوشامد کرتی ہوں اسی قدر تم کھنچتی جاتی ہو۔ سبحان اللہ یہ نہ سمجھنا کہ مجھ پر کوئی احسان کرتی ہو۔ میں نے تمہارے لئے کیا کچھ نہیں کیا۔ سب کی ناراضگی برداشت کی اور ہمیشہ تمہیں بہنوں کی طرح سمجھا۔ تمہیں پڑھایا اور پڑھوایا۔ اپنی سب کتابیں تمہیں پڑھنے کو دیں۔ سارے رسالے اخبار تمہیں دے دیتی ہوں۔ پاپا تک کی لائبریری سے تمہارے لئے کتابیں لاتی ہوں۔ جس نئی کتاب کی تم تعریف کرتی ہو وہ منگا دیتی ہوں۔ اس پر بھی تم سمجھتی ہو کہ تم مجھ پر احسان کر رہی ہو۔ واہ وا۔ زہرا کی تیوری پر بل تھے اور آنکھیں اور زیادہ سیاہ معلوم ہو رہی تھیں" ہاں زیبا آپا بھلا آپ کے احسانات سے میں کیسے سبکدوش ہو سکتی ہوں۔ میں اور میری ماں غریب ہیں۔ جو کچھ بھی کریں ہمارا فرض ہے۔ آپ امیر ہیں جو بھی کریں آپ کا احسان اور جو چاہیں کرائیں آپ کا حق ہے۔" اسی وقت سلمہ کوٹھری میں داخل ہوئی۔

زیبا ہونٹ چباتی اور پاؤں پٹکتی چلی گئی۔

اگلے دن زیبا نے اپنی پسندیدہ ساڑھی زیب تن کی اور پوری طرح آراستہ پیراستہ ہو کر نسیم کے استقبال کو تیار ہو گئی۔ ڈپٹی صاحب اور بیگم صاحب بھی منتظر تھے۔ کار کا ہارن سنائی دیا۔ زیبا اشتیاق مجسم ان کے دیدار کی مشتاق تھی۔ ضیا ڈپٹی صاحب کے ساتھ اندر آئے۔ دیکھ کر زیبا کے دل کو دھکا سا لگا۔ اوسط درجے کا قد، اکہرا جسم، سانولا رنگ، بہت معمولی ناک نقشہ، گھٹیا سے کپڑے کی سیاہ شیروانی اور ٹوپی۔ علی گڑھ وضع کا لٹھے کا پاجامہ ہاں چہرے پر ذہانت اور خوش مزاجی ضرور ٹپکتی تھی۔ زیبا اپنے خوابوں کے

دیوتا کا یہ حلیہ دیکھ کر ایک لمحے کے لئے سکتے میں رہ گئی۔ ڈپٹی صاحب نے تعارف کی رسم ادا کی۔

"بیگم صاحب تمہاری چچی۔ یہ میری لڑکی ہے زیب النساء زیبا۔ خیر سے ادیبہ بھی ہیں۔

احمد نسیم ضیا۔ مشہور شاعر۔ تم دونوں کی خوب نبھے گی۔" دونوں نے ایک دوسرے کو دیکھا۔ ایک کی نظر میں تحسین اور اشتیاق تھا۔ دوسری کی آنکھوں میں مایوسی کی ہلکی سی لہر لیکن آدھ گھنٹے بعد دونوں گھل مل کر ادبی گفتگو کر رہے تھے ڈرائنگ روم کے ایک دروازے کے پیچھے پردے کی اوٹ میں سے دو سیاہ آنکھیں اشتیاق سے ضیا کا جائزہ لے رہی تھیں۔

(۸)

زیبا کے کمرے میں بیٹھے ضیا اس کو اپنی تازہ نظم سنا رہے تھے کہ کسی کام سے زہرا وہاں آگئی اور ضیا کو دیکھ کر گھبرا کر واپس جانے لگی مگر زیبا نے روک لیا۔ آؤ آؤ زہرا یہ تو اپنے ہی ———— وہ ———— بھائی ہیں آؤ نا۔" پھر ضیا سے بولیں: "یہ زہرا ہیں، میرے ساتھ پلی اور ساتھ کھیلی ہیں۔ پڑھنے لکھنے کا بہت شوق۔ ادبی مذاق رکھتی ہیں اور (مسکرا کر) آپ کے کلام کی تو بہت ہی دلدادہ ہیں۔" زہرا کا چہرہ کانوں تک سرخ ہو گیا۔ ضیا نے مسکرا کر اس کی طرف دیکھا، لمبی لمبی سیاہ پلکیں، سیاہ آنکھیں جن کی گہرائی پانا محال معلوم ہوتا تھا۔ لبوں پر ہلکا سا تبسم اور چہرے پر بلا کی ذہانت اور دلکشی ———— نسیم حیرت سے دیکھتا کا دیکھتا رہ گیا۔ زہرا، زیبا کی

کرسی کی آڑ میں قالین پر بیٹھ گئی اور زیبا نے ضیا کی محویت کو توڑا۔ ''ہاں تو سنایئے پھر''۔ نسیم مسکرائے اور اپنی نظم سنانے لگے۔ ایک عمدہ شعر پر بے اختیار زہرا کے منہ سے تعریف نکل گئی جس پر وہ بہت شرمندہ ہوئی کیونکہ زیبا اور نسیم دونوں مسکرا رہے تھے ایک مسرت سے دوسرا طنز سے۔

یہ تھی زہرا اور ضیا کی پہلی ملاقات۔

(9)

نسیم کو کالج کے پرنسپل ڈاکٹر شاہد علی کی کوٹھی کے پاس ہی ایک چھوٹا سا مکان مل گیا اور وہ ڈپٹی صاحب کے ہاں سے وہاں اٹھ آیا۔ شاہد اور نسیم بچپن کے دوست اور اسکول میں ساتھ پڑھے ہوئے تھے۔ نسیم کی معرفت ڈاکٹر شاہد کا تعارف بھی ڈپٹی صاحب بیگم صاحب اور زیبا سے ہوا۔ ڈپٹی صاحب نسیم صاحب سے بھی زیادہ شاہد کی آؤ بھگت کرتے تھے اور اس کے بے حد مداح تھے۔ شاہد زیبا کا بہت ہی دلدادہ معلوم ہوتا تھا۔ خصوصاً جس وقت زیبا اپنی دلکش آواز میں کوئی چیز گاتی ہوتی تو وہ بالکل مبہوت مسحور ہو کر رہ جاتے اور ٹکٹکی لگائے اسے دیکھا کرتے جس کا احساس بعض وقت زیبا کو بھی ہوتا اور وہ شرمندہ ہو جاتی۔

ایک دن ڈپٹی صاحب کے ہاں سے واپسی پر دونوں دوستوں میں یہ باتیں ہوئیں۔

نسیم : ''شاہد تمہیں اس پر تعجب نہیں ہوتا کہ زیبا جیسی لڑکی ایسے عمدہ افسانے کیسے لکھ سکتی ہے''۔

شاہد : ''مجھے ان کے افسانوں پر نہیں ان کی آواز اور فنِ موسیقی کی

مہارت پر ضرور تعجب ہوتا ہے کہ قدرت نے ان کے گلے میں کس فیاضی سے دلکش راگنیاں بھر دی ہیں۔"

نسیم: "ہاں اس میں شک نہیں کہ وہ گاتی بہت اچھا ہے لیکن اس کا مجھے سخت تعجب ہے کہ وہ اس قدر عمدہ کس طرح لکھ لیتی ہیں۔"

شاہد: "انھیں بہت سی بے مثال صفتیں قدرت نے عطا کی ہیں، حسن، موسیقی، ذوق ادب اس میں تعجب کی کونسی بات ہے۔"

نسیم: "حسن اور موسیقی میں کلام نہیں لیکن اس میں مجھے شک ہے کہ قدرت نے انھیں افسانہ نگاری کی صلاحیت بھی عطا کی ہے۔"

شاہد: "آخر شک کی کوئی وجہ؟"

نسیم: "برا نہ ماننا۔ مجھے زیبا عام امیر فیشن پرست لڑکیوں سے کچھ زیادہ مختلف معلوم نہیں ہوتیں۔ ان میں بھی ظاہر پرستی۔ فیشن پسندی اور آرام طلبی موجود ہے اور اسی کے ساتھ خود پرستی اور خود نمائی تو ضرورت سے کہیں زیادہ بڑھی ہوئی ہے ان کی افسانہ نگاری بھی خود نمائی کے جذبے کی تسکین کا ایک ذریعہ ہے۔"

شاہد: "تو اس سے یہ تو ثابت نہیں ہوتا کہ وہ اپنے افسانے خود نہیں لکھتیں اور اس میں کلام نہیں کہ ان کے افسانے بہت عمدہ ہوتے ہیں۔

نسیم: "اول تو زیبا اتنی دردسری اور اتنی محنت نہیں کرسکتیں جتنی ایک اچھا مضمون یا افسانہ لکھنے کے لئے ناگزیر ہے اور نہ ان کے مشاغل اتنی فرصت دیتے ہیں کہ وہ اتنا بہت سا وقت اس کام کی نذر کرتی ہوں۔ دوسرے ان کے قصوں میں زندگی کی جو حقیقی تصویر ہوتی ہے:

غریب اور متوسط طبقے کی زندگی کی جیسی صحیح عکاسی کرتی ہیں، اور ان میں امیر طبقے پر جیسے گہرے طنز ہوتے ہیں وہ ان جیسی لڑکی کے مشاہدے اور تجربے سے بالکل باہر ہیں ...."

شاہد: "یہ تو ٹھیک ہے۔ مجھے بھی ایک آدھ بار خیال آیا کہ مس زیبا کی دلچسپیاں، مذاق، تفریحیں وغیرہ بالکل دوسری قسم کی ہیں اور قصّوں میں وہ بالکل دوسری چیز نظر آتی ہیں۔ آخر پھر کون انھیں لکھ کر دیتا ہے؟"

نسیم: "میرا خیال ہے۔ زہرا۔"

شاہد: "زہرا ــــــ وہ لڑکی جس کو بیگم صاحب نے رحم کھا کر زیبا کے ساتھ پرورش کر لیا ہے۔ ناممکن ہے۔"

نسیم: "(ناراض ہو کر)" ناممکن کیوں۔ تم زہرا سے ناواقف ہو، اسی لئے یہ کہتے ہو۔ زہرا کی ماں ڈپٹی صاحب کی قریبی عزیز ہیں۔ دس برس سے دونوں ماں بیٹی ان لوگوں کی لونڈیوں کی طرح خدمت کر رہی ہیں۔ رحم کھا کر پرورش کرنے والے نہیں۔ زہرا کچھ تو پہلے سے پڑھی تھی یہاں آکر اپنے شوق اور زیبا کی مدد سے پڑھنا جاری رکھا۔"

شاہد: "اچھا یہ بات ہے۔"

نسیم: "شاہد بھائی! اس کا مطالعہ حیرت انگیز طور پر وسیع ہے۔ اردو کا کوئی اچھا نیا یا پرانا مصنف یا شاعر ایسا نہیں جس کا مطالعہ اس نے نہ کیا ہو۔ انگریزی ادب کی بھی بہت سی کتابیں پڑھی ہیں۔ اس کا ادبی مذاق ایسا ستھرا، خیالات اس قدر گہرے اور پاکیزہ ہیں کہ اچھے اچھے تعلیم یافتہ لوگ اس سے سبق لے سکتے ہیں۔ انسانی سیرت اور زندگی کا مشاہدہ اس قدر گہرا ہے جیسا کسی تجربہ کار معمر ادیب کا ہو۔"

شاہد : "حیرت ہے یہ لڑکی ساری عمر گھر کی چار دیواری میں قید رہی، معدودے چند لوگوں سے ملنے جلنے کے سوا اسے نہ سیر و سفر کے موقعے ملے نہ سوسائٹی میں ملنے جلنے کے اور نہ باقاعدہ اعلیٰ تعلیم ہی پائی پھر اس کا مذاق اور مشاہدہ ایسا کس طرح ہو سکتا ہے؟"

نسیم "تمہارا خیال غلط ہے۔ سوسائٹی میں ملنے جلنے والوں اور دولت مند لوگوں کا مشاہدہ بہت زیادہ گہرا نہیں ہوتا۔ زہرا اور زیبا میں اس قدر تفاوت کی یہی وجہ ہے۔ ایک کو بچپن سے آرام طلب، کاہل اور عیش پسند بنایا گیا ہے۔ نوکر چاکر اس کے سامنے خوشامد اور چاپلوسی کی باتیں کرتے ہیں۔ ملنے جلنے والے مصنوعی اخلاق و آداب برتتے ہیں اور وہ ہر ایک کو ملمع چڑھا ہوا دیکھتی ہے۔ دوسری زیادہ آزاد اور خوش نصیب ہے۔ بچپن سے محنت کی عادی پڑھنے کی حد سے زیادہ شوقین ہے اور اپنے اس شوق میں کسی چیز کو حائل ہونے نہیں دیتی اس کو نوکروں چاکروں سے، ہمسایوں سے آئے گئے سے ملنے جلنے اور بے تکلفی سے ملنے کے موقع حاصل ہیں۔ لوگ اس کے سامنے تصنع اور خوشامد سے کام نہیں لیتے بلکہ اسے اپنا ہمدرد پاکر اپنا دکھ سکھ اس سے بے کم و کاست بیان کرتے ہیں۔ وہ ان کی طبیعت اور فطرت سے واقف ہے، اور ان کی اصلی شکل کو بے نقاب دیکھ سکتی ہے۔ اونچی سوسائٹی کے لوگوں کو بھی گھر میں دیکھتی ہے اور خاموشی سے ان کی فطرت کا مطالعہ کرتی ہے۔ فطری ذوق افسانہ نگاری کا ہے اس لئے اپنے تاثرات قصہ کی شکل میں بیان کر سکتی ہے اور بہت کامیابی سے کرتی ہے۔"

شاہد : "مگر مجھے یقین نہیں کہ زیبا زہرا سے لکھوا کر اپنے نام سے چھپواتی ہوں۔"

نسیم : "میں نے ایک مرتبہ اتفاق سے زہرا کی کاپی دیکھ لی جس پر ان کے افسانہ "ماں" کا خاکہ تھا۔ زیبا نے یہ کہہ کر ٹالا کہ زہرا میرے قصے نقل کیا کرتی ہیں مگر میں سمجھ گیا۔ اسے کسی طرح نقل نہیں کہہ سکتے کیونکہ وہ پچاس جگہ سے ترکتا پھٹا تھا۔"

شاہد : "تم زیبا سے اس قدر بدگمان ہو تو ان سے بھلا کیا شادی کرو گے؟"

نسیم : "شادی : زیبا سے ؟ میرا تو یہ کبھی ارادہ نہیں ہوا۔"

شاہد : "لیکن مس زیبا تو تم پر فریفتہ ہیں۔"

نسیم : "یہ تمہارا وہم ہے۔ وہ مجھ جیسے کم رو، غریب لکچرر پر کیسے فریفتہ ہو سکتی ہیں۔ میرا تو خیال ہے کہ وہ میرے ایک خوش رو، اعلیٰ تعلیم یافتہ اور متمول دوست کو پسند کرتی ہیں جو شاید خود بھی ان کے گانے پر عاشق ہے۔"

شاہد : "تمہارا آخری خیال درست ہے۔ میں نے ڈپٹی صاحب سے درخواست کی تھی۔ انھوں نے فرمایا کہ میں تو تمہیں بہت پسند کرتا ہوں مگر فیصلہ زیبا کی پسند پر ہے اور وہ شاید نسیم کو ترجیح دے۔"

نسیم : "یہ ان کی عنایت ہے مگر میں اپنے کو ان کے قابل نہیں سمجھتا۔"

شاہد : "تو تم خوشی سے اجازت دیتے ہو کہ میں زیبا کے دل میں اپنی جگہ پیدا کروں۔"

نسیم :۔ (ہنس کر) "اگر میری ہی اجازت کی ضرورت ہے تو خوشی سے بدل وجان اجازت ہے۔ میرا خیال یہ ہے کہ شروع میں ان کی توجہ میری طرف ضرور تھی اور شاید کچھ انس بھی ہو گیا ہو۔ لیکن میری اور اپنی طبیعت کا تضاد دیکھ کر یہ توجہ کم ہو گئی اور جب سے تم سے ملاقات ہوئی ہے ان کی

توجہ کا مرکز تم ہو۔ وہ میری بھابی بن جائیں گی تو مجھے بہت خوشی ہوگی۔ مگر بیوی؟ جی نہیں"

شاہد: "خیر ابھی تو ان کی توجہ میری طرف نہیں مگر اب تمہاری اجازت سے حاصل کرنے کی کوشش ضرور کروں گا۔ اچھا تو دونوں قسمت آزمائی کریں۔ میں زیبا کو اپنانے کی کوشش کروں اور تم زہرا ——— اپنی محبوبہ کو"

نسیم: "زہرا بہت گہری لڑکی ہے اس کو پانا بہت مشکل ہے۔ وہ میرے اشعار کی دلدادہ ضرور ہے، لیکن اس میں شبہ ہے کہ وہ مجھے بھی پسند کرتی ہوگی ہاں اس میں کوئی شک نہیں کہ میں خود اسے بے حد پسند کرتا ہوں۔ بلکہ سچ ہی کیوں نہ کہوں دل وجان سے چاہتا ہوں"

شاہد: "اور ایسا ہی معاملہ ہمارا بھی سمجھو (دونوں ہنسنے لگتے ہیں)

———(۱۰)———

نسیم ڈپٹی صاحب کے ہاں آئے۔ بیگم صاحب سے صاحب سلامت کے بعد کہا "زیبا بہن کہاں ہیں مجھے ان سے کچھ کام ہے۔ بیگم صاحب نے کہا" اپنے کمرے میں ہیں کچھ طبیعت ناساز ہے جاؤ تم وہیں چلے جاؤ" نسیم کمرے کے قریب پہنچے تو باتوں کی آواز سن کر ٹھٹک گئے۔

"تمہیں ہو کیا گیا ہے۔ کتنی مرتبہ تقاضا کر چکی ہوں مگر تم قصہ پورا کرکے دیتی ہی نہیں ہو"

"میری طبیعت آج کل خراب ہے۔ مجھ سے لکھا ہی نہیں جاتا"

"میں دیکھ رہی ہوں کہ تمہارے نخرے روز بروز بڑھتے جا رہے ہیں"

میں طبیعت سے وبیت کچھ نہیں جانتی۔ کل مجھے پورا کرکے دیدو۔ شاہد صاحب اور نسیم سے میں اپنے تازہ افسانے کا ذکر کر چکی ہوں۔ کل انھیں دکھانا ہے۔"

"پھر میں کیا کروں جب مجھ سے نہیں لکھا جاتا۔"

"خوب تو اب آپ کے ایسے دماغ ہو گئے۔ مجھ سے نہیں لکھا جاتا۔ میں بھی تو دیکھوں تم کیسے نہیں لکھتی ہو۔"

اگر آپ زبردستی لکھوا سکتی ہوں تو لکھوا لیجئے۔ آپ دوسروں کے ہاتھ پاؤں خرید سکتی ہیں لیکن زبردستی کسی کا دماغ نہیں خرید سکتیں۔"

میں تمہارا دماغ اور روح سب کچھ خرید سکتی ہوں۔ تم نے مجھے سمجھا کیا ہے" جس قدر میں دبتی جاتی ہوں تم سر پر آرہی ہو۔ اپنی اوقات بھول گئیں۔ میں آج ہی تمہیں گھر سے نکلوا سکتی ہوں۔"

"بڑی خوشی سے۔ آپ ہی ہماری رازق نہیں جہاں محنت کریں گے پیٹ بھرنے کو مل جائے گا۔ آپ کو شاید یہ یاد نہیں رہا کہ آپ مجھے صرف اپنے گھر سے نکال سکتی ہیں دنیا سے نہیں لیکن میں آپ کو ادبی دنیا سے نکلوا سکتی ہوں۔ آپ کی یہ ساری شہرت پکے رنگ کی طرح ایک چھینٹے میں برباد ہو جائے گی۔"

"زہرا زہرا تمہارا دماغ تو نہیں خراب ہو گیا۔ تم ذرا سی بات پر برا مان جاتی ہو۔ میں سچ مچ خفا تھوڑا ہی ہو رہی تھی۔ مجھے تو تم سے اس قدر محبت ہے کہ چاہتی ہوں کہ ہمیشہ ——— دوسری زندگی میں قدم رکھنے کے بعد بھی تمہیں اپنے ساتھ رکھوں۔"

"غالباً یہ محبت اس لئے ہے کہ آپ تب بھی مجھ سے لکھواتی رہیں۔ آپ چاہتی ہیں کہ شادی کے بعد بھی ضیا کو دھوکے میں رکھیں۔"

"کیا کہا، شادی کے بعد ضیا کو دھوکا دینے سے تمہارا کیا مطلب ہے؟

حواس میں ہو کہ نہیں۔"

"بالکل حواس میں ہوں۔ آپ میرا مطلب بخوبی سمجھ چکی ہیں۔ خیر کچھ بھی ہو میں آپ کے ساتھ لونڈی بن کر آپ کی سسرال نہیں جاؤں گی اور نہ نسیم صاحب کو دھوکا دینے میں شرکت کروں گی۔"

"اوہو بڑی نسیم صاحب کی خیر خواہ بنی ہیں۔ کیا بات ہے کیا کہیں ـــــ انھیں چاہنے تو نہیں لگیں۔" زہرا کی آواز لڑکھڑا گئی۔" آپ کا جو جی چاہے کہہ لیجئے بہر حال میں انھیں دھوکا نہیں دوں گی۔ آپ ان پر اپنی قابلیت کا رعب جمانا چاہتی ہوں تو خود لکھنا شروع کیجئے۔"

(طنزیہ لہجے میں) " اور تم"۔

میں خود ایک نئی زندگی شروع کرنے جا رہی ہوں۔ اب زیبا نہیں زہرا کے نام سے لکھوں گی۔ اب میں خود ادبی دنیا میں تعارف حاصل کروں گی۔"

جی! تاکہ نسیم صاحب کی توجہ تمہاری طرف ہو جائے۔ اسی لئے نا۔"

" جو آپ سمجھیں۔ ان کی توجہ ہونے یا نہ ہونے سے کوئی فرق نہیں ہوگا۔ ان کی جو عزت اور جگہ میرے دل میں ہے وہ ہمیشہ رہے گی۔"

میرے منہ پر اور یوں اظہارِ عشق۔ جانتی ہو وہ میرے منگیتر ہونے والے ہیں؟"

"شاید۔ مگر میں صرف اظہار عقیدت کر رہی ہوں۔"

"تمہاری ان زبان درازیوں کا انجام اچھا نہ ہوگا۔"

"جواب تک ہوا اس سے بدتر کیا ہوگا۔ آپ ہمیں اپنے گھر سے ہی

نکلوا دینگی نا' بہت اچھا۔ میں اپنی ماں کے ساتھ اکیلے گھر میں رہ سکتی ہوں۔ آپ سمجھتی کیا ہیں"۔

زیبا فرطِ غصہ اور جوش سے چلانے لگی "تم ہرگز نہیں جا سکتیں ہیں۔ تمہیں کبھی نہیں جانے دونگی۔ میرے ابا جان ہر قسم کا اختیار رکھتے ہیں۔ تم پولیس کے ذریعے روکی جاؤگی"۔

جو جی میں آئے کر دیکھو۔ میں یہ غلامی۔ جسمانی اور ذہنی دونوں طرح کی اب نہیں برداشت کر سکتی۔ میں چیلنج دیتی ہوں کہ اب آپ کو ایک لفظ بھی لکھکر نہ دونگی"۔

زیبا۔ زہرا زہرا پکارتی رہ گئی اور زہرا ایک شانِ اِستغنا کے ساتھ کمرے سے نکل گئی۔ اس کے چہرے پر نہ صرف عزم اور اِستقلال کے آثار بلکہ بغاوت کے جذبات بھی صاف نظر آرہے تھے۔ باہر نکلتے ہی نسیم سے مقابلہ ہوا۔ نظر سے نظر ملی۔ نہ جانے ایک نظر میں زہرا نے نسیم سے اور نسیم نے زہرا سے کیا کہا کہ دونوں لڑکھڑا سے گئے اور ایک لمحہ بعد زہرا تیزی سے روانہ ہوگئی۔

نسیم کچھ دیر تک تو اپنے حواس مجتمع کرتا رہا آخر رومال سے منہ پونچھ کر کہا "میں اندر آسکتا ہوں؟" دو تین منٹ بعد جواب ملا "آئیے" نسیم اندر گیا۔ دیکھا زیبا کی آنکھیں سرخ ہیں اور بال پریشان"۔

نسیم :۔" معاف کیجئے گا میں بے وقت حاضر ہوا۔ مجھے شاہد نے بھیجا ہے۔ ایک پیام دیکر"۔

زیبا :۔ (شکستہ سی آواز میں) :۔ مسٹر شاہد نے! کیوں کیا بات ہے کہیئے۔

نسیم نے ایک خوبصورت لفافہ زیبا کے ہاتھ پر رکھدیا اور کہا "یہ میرے جانے کے بعد پڑھیئے گا۔ ہاں ایک معاملہ میں میں بھی آپ کی امداد کا خواہاں ہوں۔" زیبا کا چہرہ چمکنے لگا۔ آنکھیں جھکا کر بولی "فرمائیے۔ میں حاضر ہوں" نسیم نے ہونٹوں پر زبان پھیری اور اپنی نظریں دوسری طرف پھیر کر رکتے رکتے کہا "آپ زہرا کی والدہ سے میری سفارش کر دیجئے۔ میں ۔ وہ ۔ بات یہ ہے کہ میں زہرا سے شادی کرنا چاہتا ہوں۔" زیبا کے ہاتھ سے شاہد کا لفافہ گر پڑا اور وہ پھٹی پھٹی آنکھوں سے نسیم کو دیکھتی کی دیکھتی رہ گئی چہرہ سفید پڑ گیا۔ نسیم پشیمان سا کھڑا تھا۔ بڑی دیر بعد زیبا نے خود کو سنبھالا اور کانپتی آواز میں کہا "بہت اچھا۔ میں سفارش کر دوں گی پر۔ اس وقت آپ تشریف لے جائیے۔ میری طبیعت خراب ہے۔" نسیم محجوب سا اٹھا اور ہاتھ سے سلام کا اشارہ کر باہر نکل گیا۔ اس نے چلتے چلتے مڑ کر دیکھا۔ زیبا شاہد کا خط غور سے پڑھ رہی تھی۔

(۱۱)

تین دن بعد نسیم اور شاہد ڈپٹی صاحب کے ہاں آئے۔ شاہد کو تو ڈپٹی صاحب اور بیگم صاحب نے اپنے پاس بہت شفقت سے بٹھالیا اور نسیم چپکے سے کمرے سے باہر نکل آیا برآمدے میں اسے سلمہ مل گئیں جنہیں اس نے ادب سے سلام کیا اور پاس جا کھڑا ہوا۔

سلمہ: "زیبا نے مجھ سے آپ کا پیام کہہ دیا تھا مگر مجھے اس کو منظور کرنے میں تامل ہے۔ زہرا بیوہ اور نہ جانے کس ماں کی بیٹی ہے۔ نہ ظاہری عزت اور وجاہت ہے نہ لینے دینے کو کچھ۔ ....

نسیم :- اماں اگر مجھے اس چیز کی خواہش یا پروا ہوتی تو میں زیبا کو نہ ٹھکراتا۔ مجھے دولت نہیں چاہیئے۔ زہرا چاہیئے۔ مجھے مایوس نہ کیجئے۔

سلمہ :- خدا جانے کیا بات ہے تین دن سے زہرا بہت خاموش ہے نہ کچھ کھایا ہے نہ پیا ہے۔ منہ اوندھائے پڑی رہتی ہے۔ پوچھتی ہوں تو کہہ دیتی ہے کہ میری طبیعت خراب ہے۔ اب تک تمہاری والی بات بھی اس کے کان میں نہیں پڑی۔ زیبا سے شاید لڑائی ہوگئی ہے۔ انھوں نے کئی مرتبہ بلایا نہیں گئی۔

نسیم :- آپ کہیں تو میں پانچ منٹ کے لئے ان کے پاس ہو آؤں شاید مجھے بتا دیں کیا بات ہے۔

سلمہ :- (کچھ دیر سوچ کر) اچھا چلے جاؤ۔ پر پانچ منٹ سے زیادہ نہ بیٹھنا۔

نسیم سلمہ کے ساتھ ساتھ کوٹھری تک گیا وہ باہر رک گئیں۔ نسیم اندر چلا گیا زہرا سر جھکائے پلنگ پر بیٹھی تھی۔ سامنے ایک رسالہ کھلا تھا جس کے ایک صفحہ پر نسیم کی تصویر اور دوسرے پر اس کی تازہ نظم "محبت" چھپی ہوئی تھی اور زہرا کی جھکی ہوئی آنکھیں ٹپ ٹپ نسیم کی تصویر پر موتی نچھاور کر رہی تھیں۔ نسیم اس کی پشت پر جا کھڑا ہوا اور آہستہ سے بولا ——— زہرا ——— میری حسین ادیبہ" زہرا چونک پڑی، ایک جھٹکے سے رسالہ بند کر دیا، آنکھیں پونچھ ڈالیں اور گھبرا کر کھڑی ہوگئی "آپ ——— آپ ——— یہاں۔ خدا کے لئے یہاں سے چلے جائیے۔ اس نے دیکھ لیا تو کیا ہوگا۔ جائیے۔ زیبا کو خبر نہ ہو جائے"

نسیم مسکرائے "زیبا کو ضرور خبر ہو جائے مجھے پروا نہیں۔ بھئی ہم نے

یہ اخلاق نہیں دیکھا کہ کوئی آپ کے پاس آئے اور آپ اسے بٹھائیں بھی نہیں؟"

زہرا سر جھکائے کھڑی رہی کچھ بولی نہیں ——— بول ہی نہ سکی

نسیم :- زہرا مجھے تمہاری مدد کی ضرورت ہے۔ میں ایک مشہور و معروف اَدیبہ سے، ایک افسانہ نگار خاتون سے، شادی کرنا چاہتا ہوں۔ پر مجھے یہ نہیں معلوم کہ وہ بھی مجھے پسند کرتی ہیں یا نہیں۔ تم چاہو تو میری یہ مشکل حل کرسکتی ہو؟" زہرا کانپنے لگی اور بڑی مشکل سے اتنا کہہ سکی "مجھے معلوم ہے۔ زیبا آپ کو بہت پسند کرتی ہیں؟"

نسیم :- "مگر زیبا کی پسند سے مجھے کیا مجھے تو زہرا کی پسند چاہیئے؟"

زہرا نے بے اختیار اس کی طرف دیکھا وہ محبت پاش نظریں زہرا کے چہرے پر جائے ہوئے تھا، زہرا بدحواسی میں بولی "آپ نہ جانے کیا کہہ رہے ہیں۔ زیبا آپا ———؟"

"زیبا ——— زیبا ——— خدا کے لئے ان کا ذکر چھوڑو۔ میں تو تمہیں چاہتا ہوں۔ میری پراسرار ادیبہ۔ تمہیں صرف تمہیں ...."

تعارف افسانہ : فیصلہ (کوشلیا اشک)

ایک دلپسند ہستی سے محروم ہو کر اپنی ناکامی پر آنسو بہاتے رہنا ایک قسم کی مسرت ہو سکتی ہے بہ نسبت اس کے کہ زندگی اس ہستی کے ساتھ بسر کرنے کے لئے مجبور کیا جائے جس سے نفرت ہو لیکن یہ مجبوری اگر خود پیدا کردہ ہے تو اس کا علاج ممکن نہیں ہو سکتا۔ ہونا تو یہ چاہئیے کہ انسان شادی سے قبل اپنی آنکھوں کو اچھی طرح کھلا رکھے اور شادی کے بعد انھیں نیم وا کرلے۔ ازدواجی زندگی کی مسرت و شادمانی اسی طریقۂ کار پر منحصر ہو سکتی ہے۔ لیکن اس کے برعکس عموماً ہوتا یہ ہے کہ وہ شادی سے قبل اپنی آنکھیں نیم وا رکھ کر شادی کے بعد اچھی طرح کھول لینا چاہتا ہے۔ ہرجیش نے اپنے دوست نریندر کے قیمتی مشورے پر عمل نہ کرتے ہوئے اپنی ماں اور بہن کو اجازت دیدی کہ وہ اس کے لئے شریک حیات منتخب کرلیں لیکن جب بیوی اس کے معیار کے مطابق نمونۂ حسن ثابت نہ ہوئی تو وہ اسکی طرف سے متنفر ہو گیا۔ بیوی بالکل بے قصور تھی۔ قصور خود اس کی سمجھ کا تھا اور خصوصاً جب ہم دیکھتے ہیں کہ وہ بے رخی اور اجتناب روا رکھنے کے باوجود اپنی بیوی کو دو بچوں کی ماں بھی بنا دیتا ہے تو اس کی شخصیت قابل رحم ہونے کے بجائے بڑی حد تک لائق نفرین بن جاتی ہے۔ کوشلیا اشک کی تحریر بڑی مؤثر ہوتی ہے اور عموماً شبہ ہونے لگتا ہے کہ وہ اپنے گرد و پیش کے ماحول پر نظر ڈال کر کسی زندہ شخصیت کی روداد زندگی افسانے کے پیرائے میں لکھ رہی ہیں ہو سکتا ہے کہ یہ فرضی قصہ بھی حقیقتاً ایک سچی کہانی ہو۔ ان کے حالات جو انھوں نے بے شمار تقاضوں کے بعد لکھ کر دیئے ہیں درج ذیل ہیں:۔

۱۹۱۶ء میں گجرات (پنجاب) میں جنم لیکر اور بچپن کے دن انتہائی لاڈ پیار میں گزار کر میں نے اپنے آپ کو ہیرے جواہرات میں گھرے ہوئے اس بے بس انسان کی طرح پایا جسے اُن میں سے کسی چیز کو چھو نہ سکنے کی بد دعا دیدی گئی ہو. میں تقریباً بارہ سال کی تھی جب صرف ۲۸ دن کے وقفے سے میرے باپ اور پھر ماں دونوں اس لاڈ اور پیار کی محض ایک دھندلی لیکن اِمٹ یاد مجھے سونپ کر اس جہان سے رخصت ہو گئے. اس کے بعد کی کہانی بہت طویل ہے. مختصر یہ کہ جب رشتہ دار مجھے کسی "ضرورت مند" لیکن خوشحال کے ہاتھوں سونپ کر اس بارِ عظیم سے سبکدوش ہونے کی فکر میں تھے، میں نے اپنی نیا کو آپ ہی کھینے کا فیصلہ کر لیا. تاہم ایک ہمدرد اور رحمدل ناخدا بھی مل گیا. سب سے چھوٹے ماما نے میری ہمت کو سراہا. میرے فیصلے کی داد دی، میرا ہاتھ پکڑا اور مجھے باپ کی کمی کو محسوس نہ ہونے دیا. میں نے محض ذاتی شوق سے پڑھنا شروع کیا. اور علم کی منزلیں طے کرتی چلی گئی. میں بی. اے تک اپنے کالج میں ہمیشہ فرسٹ رہی. ۱۹۴۰ء میں بی. ٹی کی ڈگری لی اور پنجاب کے دور افتادہ قصبے رینالہ خورد میں ہیڈ ماسٹرس ہو گئی. لکھنے کا شوق مجھے جب سے ہے جب میں نے صرف اپنے آپ کو اپنا رفیق پایا. کالج میں مجھے سال بھر میں سب سے اچھے مضمون اور کہانیاں لکھنے پر انعام ملا تھا. کالج میگزین کے بعد کچھ افسانے "پریت لڑی" میں شایع ہوئے. ہندی میں "دیش دوت"

"دینا" اور "ہنس" میں میری کہانیاں چھپیں۔ اُردو میں میری تحریر کی ابتدا "آجکل" کے صفحات سے ہوئی میں جانتی ہوں۔ میرا لکھنا ابھی بچے کے تتلانے سے زیادہ اہمیت نہیں رکھتا لیکن مجھے یقین ہے کہ اس تتلاہٹ پر عبور پا کر میں اچھی طرح اپنے جذبات کو بیان کرنا سیکھ جاؤں گی۔ اور وہ سب کچھ لکھ سکوں گی جسے لکھنے کی خواہش عرصے سے میرے دِل بیتاب میں ہے ؏

کوشلیا اشک

فیصلہ

خزاں کی برفیلی رات اپنے دھوئیں اور دھند کے ساتھ کب کی اتر آئی تھی۔ اور شہر کے تمام شور و شغب کا جیسے گلا گھونٹ کر اس نے اسے چپ کرا دیا تھا۔ ٹرامیں۔ موٹریں۔ تانگے سب خاموش ہو گئے تھے۔ اور دھوئیں اور دھند نے پورے طور پر ہر جگہ اپنا تسلط جما لیا تھا —— راستوں کی بجلیاں (جنگی بچت کے باعث) بجھی ہوئی تھیں۔ گہری تاریکی اور خاموشی چھائی ہوئی تھی۔ اور کسی تنہا تانگے یا سائیکل کی کھڑکھڑاہٹ یا اس کی ٹمٹماتی بتی اس کی خاموش تاریکی کو اور بھی نمایاں کر رہی تھی۔ ہر جنبش کے دماغ میں بھی بادۂ احمر کا خمار اسی اندھیرے کی طرح چھایا جا رہا تھا۔ اور نیو آسین کے ساتھ بیتے ہوئے چند لمحوں کی یاد اسے اور بھی گہرا بنا رہی تھی —— نیرا —— حسن کے باغ کا وہ اچھوتا دلکش رنگین پھول —— وہ چاہتا تھا کہ بھونرے کی طرح اس پر منڈلاتا رہے۔

—— اور امنگ میں اس نے گنگنانا شروع کر دیا۔

بھونرا رس کا لوبھی ہے

رس اور خوبصورتی دونوں ایک ہی چیز کے دو روپ ہیں۔ خوبصورتی باہر کی چیز ہے اور رس اندر کی۔ اسے بھی تو محض خوبصورتی مرغوب نہیں۔ اس

خوبصورتی کا رس بھی وہ لینا چاہتا ہے۔ اور اس نے اور بھی امنگ سے تان لگائی۔

بھونرا رس کا لوبھی رے

نوکر برآمدے میں اپنی چارپائی پر اپنے میلے پھٹے کمبل میں سمٹا پڑا ابھی تک اس کی راہ دیکھ رہا تھا۔ آواز پہچان کر بولا۔

"بڑی دیر کر دی بابوجی؟"

"بکو نہیں" نشہ خیز آواز میں برجیش نے کہا "دروازہ کھولو"۔

نوکر نے دیکھا اس کے مالک کی چال اور آواز دونوں میں لڑکھڑاہٹ ہے۔ اس نے چپ چاپ اٹھ کر کواڑ کھولے۔ برجیش جا کر کوچ میں دھنس گیا۔ سامنے تپائی پر شراب سے بھری خوبصورت صراحی پڑی تھی اور برابر میں پیالہ رکھا تھا۔ برجیش نے ہاتھ بڑھا کر اسے بھرا اور تھراتی سی آواز میں پوچھا۔ "کوئی ڈاک آئی؟"

"ایک ہی لفافہ آیا ہے" نوکر نے وہیں تپائی پر پڑے ہوئے ایک لفافے کی طرف اشارہ کر دیا۔

برجیش نے اشتیاق سے لفافہ کھولا "اسے نیرا کے خط کا انتظار تھا لیکن خط اس کے دوست نریندر کا نکلا۔

"برجیش ڈیر۔"

اس کے دوست نے لکھا تھا "تمہیں یہ جان کر مسرت ہوگی کہ آخر میں اپنی ازدواجی زندگی کے پیچیدہ مسئلے کو سلجھانے میں کامیاب ہو گیا ہوں۔ کل ششی سے میری شادی ہو گئی۔ اور اس طرح میں نے اپنی تمام دماغی اور جسمانی کوفت کا خاتمہ کر دیا۔

میری زندگی کی ناکامی تم سے پوشیدہ نہیں۔ اور پھر جب مجھے معلوم ہوا کہ کانتا ایک بچے کی ماں بننے والی ہے تو میں ساکت رہ گیا۔ میں نے فیصلہ کر لیا کہ اس جھوٹی کھوکھلی ازدواجی زندگی کا خاتمہ کر دوں گا۔"

کوئی دوسرا شخص اسی باعث (بیوی کے حاملہ ہونے کے سبب) شادی کو نباہنے کا فیصلہ کرتا۔ لیکن جب مجھے اس بچے کی زندگی کا خیال آتا ہے۔ جو بے مہری، نفرت اور بے اعتنائی کے اس تلخ ماحول میں پیدا ہو کر ملے گا تو میں لرز اٹھتا ہوں ——— اور پھر میں صرف اسی بچے کے متعلق نہیں سوچتا بلکہ مجھے ان سب بچوں کا بھی خیال آتا ہے جو کانتا کے ساتھ نباہنے کا نتیجہ ہوتے۔

کانتا کے ساتھ میری شادی ایک غلطی تھی۔ اور اگرچہ اس غلطی میں کانتا کے اور میرے والدین کا بھی قصور ہے لیکن اپنی ذمہ داری سے میں بھی انکار نہیں کرتا۔ مگر بہ حیثیت ایک بار غلطی کرنے پر اسے بڑھاتے جانے میں میرا یقین نہیں کانتا کو چھوڑ دینا برا ہے، گناہ ہے، لیکن اس تمام نفرت کے باوجود اس کے ساتھ نباہنا اور بچے پیدا کرتے جانا (جو اس نباہنے کا قدرتی نتیجہ ہیں) اس سے بھی برا ہے۔ اور میرے نزدیک بڑا گناہ ہے۔ اس لئے میں نے چھوٹا گناہ چن لیا ہے۔

میں وثوق سے نہیں کہہ سکتا کہ اب مجھے کامل سکون اور مسرت حاصل ہوگی۔ مسرت ایک اضافی سی چیز ہے اور پھر اپنی ہر خوشی کی قیمت ہمیں اس سے کہیں زیادہ غم جمیل کر ادا کرنی پڑتی ہے۔ لیکن غم کے خوف سے مسرت کی خواہش ہی نہ کرنا غم کے سامنے ہتھیار ڈال دینا ہے۔ اور یہ میرے نزدیک زندگی سے ناانصافی ہے ——— اس شادی کو بھی تم میری دکھ کے بھا ساگر

میں غوطہ لگا کر سکھ کا رتن پانے کی کوشش تو سمجھ لو اور دعا کرو کہ میں اس رتن کو سنبھال کر رکھنے میں کامیاب رہوں۔

"تمہارا

نریندر"

خط پڑھ کر برجیش اداس سا کوچ پر پیچھے کو لیٹ گیا۔ پیالے کو ہونٹوں سے لگانا تو دور رہا اس کا پہلا نشہ بھی جو وائٹ لیبل کے دو پیگ پینے کے بعد اس کے دل و دماغ پر چھایا جا رہا تھا یکسر ہوا ہو گیا۔ اس کے دل سے ہوک سی اٹھی۔ اپنے دلیر دوست کے لئے جسے وہ ہمیشہ بزدل اور ڈرپوک سمجھتا تھا۔ ایک مجبور سے حسد کا جذبہ اس کے دل میں جاگ اٹھا——— ایک بار پھر اٹھ کر اس نے سارے کا سارا خط پڑھا اور ایک اور بھی لمبا اور بھی گہرا سانس اس کے دِل کی گہرائیوں سے نکل گیا۔ ابھی کچھ دیر پہلے لال پری کی قربت میں اس نے اپنے جس غم کو بھول جانا چاہا تھا وہ اپنے بھیانک روپ میں اس کے سامنے آگیا۔

برجیش کی شادی بڑی دھوم دھام سے ہوئی تھی۔ بیاہ سے پہلے اس کی ماں اور اس کی چھوٹی بہن شیلا لڑکی کو دیکھنے گئی تھیں۔ واپس آئیں تو تعریف کرتے ان کی زبان نہ تھکتی تھی۔

"گیان گیان کی کان تو ہے ہی"۔ اس کی ماں نے کہا تھا۔ "روپ گن اور شیل کی بھی کان ہے"۔

"ایسی سندر ہے .... ایسی سندر ......" اس کی بہن کو الفاظ نہ مل رہے تھے۔ "جیسی کہ ...... جیسی کہ کوئی ایکٹریس"۔

اور برجیش کی آنکھوں کے سامنے اس کی محبوب ایکٹریسوں کی تصاویر گھوم گئی تھیں——— پھر ان سب کی ملی جلی چھب اس کے دل و دماغ پر چھا گئی۔

سیتا دیوی جیسی بڑی بڑی بھولی مدماتی آنکھیں۔ سینہ پر بھاسی گاتی ناچتی شوخی دیوکیا رانی سی روشتی جھومتی چال۔ لیلا ڈیسائی سا گدرایا گداز جسم۔ اور کانن بالا جیسی رسیلی سحر طراز آواز ——— اسے "جواب" فلم کی یاد آئی ———
وہ اسے ہارمونیم لادے گا اور اس کا کیف اور رنگیت ہی لوری بن کر اُسے سلایا کرے گا۔

وہ خوش تھا، جامے میں پھولا نہ سماتا تھا۔ اپنی اس مسرت کو اپنے دوستوں سے بانٹ لینا چاہتا تھا۔ آپ سے آپ نئے کپڑے بدل کر نریندر کے گھر کی طرف چل پڑا تھا۔

نئی بہار کے نئے نئے دن تھے۔ پیڑ پودے کونپلوں سے آراستہ اپنی لمبی لمبی شاخیں پھیلائے باد بہاری کے کیف بھرے مس سے مست جھولے جھول رہے تھے۔ برجیش کی نگاہ آنگن میں لگے ہوئے گلاب کے پودے پر گئی ——— ایک پھول سکراتا ہوا اس کے ہرے بھرے لہلہاتے پتوں میں جھوم رہا تھا۔ برجیش کا دل مسرت سے جھوم اٹھا۔ اس کے دل کا پودا بھی تو ہرا بھرا ہو کر لہلہانے لگا تھا۔ اس میں بھی تو ایک سندر گلابی پھول کھِل اٹھا تھا۔ اور اس کی مسکراہٹ بھی تو ایسی ہی دلفریب ہو گئی تھی۔

چلتے چلتے اس پھول کے ارد گرد اس نے ایک خوبصورت باغیچہ بنا لیا لہلہاتے پودوں کی دلکش کیاریاں بیلوں سے گھرے ہوئے ٹھنڈے راحت بخش کنج۔ جھر جھر بہتے ہوئے جھرنے ....

لیکن جب وہ دلہن بیاہ کر لایا تو اس کا وہ خوبصورت باغیچہ پلک جھپکتے خاک سیاہ ہو گیا۔ اور اس کی جگہ ایک جلتے تپتے وسیع صحرا نے لے لی۔

شادی سے پہلے جب اس کے دوستوں میں اس کی سگائی کے سلسلے میں بات چیت چلی جاتی تھی تو نریندر نے اسے سمجھایا تھا: "دیکھو بغیر دیکھے ہرگز شادی نہ کرنا۔ میری طرف دیکھ لو۔ زندگی تباہ کئے بیٹھا ہوں"۔

لیکن پران اس سے متفق نہ تھا: "سب تمہارے جیسے بدبخت تو نہیں ہوتے"۔ اس نے نریندر سے کہا تھا: "جب برجیش کی ماں کہتی ہیں ...."

"ماں" نریندر نے قطع کلام کر کے کہا تھا: "وہ تو پرانے زمانے کی ہیں اور پھر پڑھی لکھی بھی نہیں"۔

"لیکن بہن" پران نے لاجواب ہوتے بغیر جواب دیا: "وہ تو پڑھی لکھی ہے۔ برجیش کے مذاق کو اس کی طبیعت سمجھتی ہے۔ جب وہ کہتی ہے کہ لڑکی خوبصورت ہے تو اسے اب دیکھنا سہاگ رات میں نگاہوں کے اس پہلے تبادلے کی لافانی مسرت سے ہمیشہ کے لئے محروم ہو جانا ہے"۔

اور برجیش اچھل پڑا ———— واہ کیسی آرٹسٹوں کی سی بات ہے۔ نریندر تو ٹھہرا وکیل، کچہری کے بے کیف ماحول نے اس کے نازک جذبات کو کند کر دیا ہے۔ سہاگ رات اس حسن کی دیوی کو دیکھنے کے لئے اس کے دل میں کتنا اشتیاق، کتنا تجسس، کتنا اضطراب ہوگا۔ اور اس سب کو ایک لحظہ بھر کی حماقت میں کھو دینا، اونہہ۔ اور اس نے وہ سب مسرت، سب راحت اس رات کے لئے ریزرو کر رکھی تھی۔

لیکن سہاگ رات کے اس باریک گھونگھٹ سے اس نے اپنی بیوی کی جو صورت دیکھی اس سے اس کا گھونگھٹ اٹھانے کا سارا شوق جاتا رہا تھا وہ چپ چاپ پلنگ کی پٹی پر بیٹھ گیا تھا۔ تب اس کی بیوی نے خود ہی گھونگھٹ ذرا سا اٹھا دیا تھا۔

اور خواہش نہ ہوتے ہوئے بھی برجیش نے دیکھا تھا —— جسم تو لیلا ڈیسائی جیسا ہی گدرایا ہوا ہے۔ رنگ بھی گورا ہے لیکن چودھویں کے آسمان پر بکھرے ہوئے کالے کالے بادلوں کی طرح اس کے منہ پر چیچک کے دھبے ہیں۔ آنکھیں چھوٹی اور جذبات سے عاری ہیں۔ ہونٹ موٹے، بھدّے اور چپ چاپ کھڑکی کے سامنے جا کھڑا ہوا تھا۔

اس کے کانوں میں گونج اٹھا "ایکٹریس"۔ کیا ایکٹریسیں ایسی ہی ہوتی ہیں؟ اس کے دل میں سوال اٹھا، پھر ایک زہرخند اس کے ہونٹوں پر پھیل گیا۔ ہاں ہوتی تو کیوں نہیں؟ اس نے خود ہی جواب دیا۔

باہر چاند نکل آیا تھا۔ برجیش وہیں کھڑا چاند اور گھنے کالے بادلوں کی جنگ دیکھنے لگا۔ بادل بار بار چاند پر چھا جاتے۔ اس کی سیمیں چاندنی کو ڈھک لیتے اور وہ بار بار گویا تڑپ کر اس کے پنجوں سے آزاد ہو جاتا۔ اس وقت اس کی ماں دبے پاؤں چلتی ہوئی آ کر اس کے پیچھے کھڑی ہو گئی ——

"ارے تم یہاں کھڑے ہو۔ بہو کب کی کمرے میں گئی ہوئی ہے۔" اس کے کندھے پر آہستہ آہستہ ہاتھ پھیرتے ہوئے اس نے کہا۔

برجیش نے جواب نہ دیا۔ بدستور سونی آنکھوں سے آسمان کی طرف دیکھتا رہا۔ گھنے بادلوں سے گھرا ہوا چاند آزاد ہونے کے لئے تڑپ رہا تھا۔ ویسی ہی تڑپ برجیش نے اپنے دل میں محسوس کی۔ اس کے دل میں آئی کہ ایک دم ان دیواروں کو پھاند کر بھاگ جائے ——— بھاگ جائے۔

"کیوں" ماں کے لہجے میں اندیشے کی آمیزش کچھ اور زیادہ ہو گئی۔

"کیا بہو پسند نہیں آئی؟"

"نہیں پسند ہے۔" مجبوراً غصے کے طوفان کو دل ہی دل میں دباتے ہوئے

شکستہ خاطر ہو کر اس نے کہا۔ اوپر آسمان میں آہستہ آہستہ چاند کی تڑپ تھک گئی تھی اور چاروں طرف گہری تاریکی چھا گئی تھی۔ برجیش نے آنکھوں میں بے ساختہ چھلک آنے والے آنسو پونچھے اور اندر چلا گیا۔ نریندر نے اسے کتنا سمجھایا تھا؛ کتنا کہا تھا کہ اپنے علاوہ کسی پر بھروسہ نہ کرو۔ لیکن بڑا فن کار بنتا تھا وہ۔ اپنی اس فن کاری کے زعم میں نہ صرف اس نے اپنا ہی مستقبل تباہ کیا بلکہ اس غریب کی زندگی بھی برباد کر دی جو نہ جانے کتنی آرزوئیں کتنے ارمان دل میں لئے سہاگ رات کی اس سیج پر بیٹھی تھی ـــــ اسے کیا حق تھا اس کی زندگی کو تاریک بنانے کا۔ بے وقوف اب اپنے کئے کی سزا بھگت، بنھا۔ لیکن تبھی اسے خیال آیا تھا کہ محض فن کار ہونے کی تو بات نہ تھی۔ جب اس نے سگائی سے پہلے اپنی بیوی کو دیکھنا چاہا تھا تو اس کی ماں نے اس کی بہن کا واسطہ دلایا تھا ـــــ "اگر تمہاری بہن کو کوئی دیکھ کر ناپسند کر دے"؟ اور وہ لاجواب ہو گیا تھا۔ اب اپنی اس کمزوری پر اسے بے حد غصہ آیا۔ واہ کیا دلیل ہے ـــــ چونکہ اس کی بہن بدصورت ہے اس لئے اسے خوبصورت بیوی پانے کا حق نہیں۔ اور اس کا دل اپنی ماں، اپنی بہن، خود اپنے خلاف ایک ناقابل برداشت غصے اور نفرت سے بھر آیا۔ لیکن غیض و غضب کا یہ طوفان اس کے دل ہی میں اٹھتا رہا۔ اس کے چہرے پر اس کا عکس تک بھی نہ آیا۔

اور اپنی اس ازدواجی زندگی کے ان پہلے چار دنوں میں برجیش کی حالت اس کشتی کی سی تھی جو طوفان خیز موجوں میں گھری کبھی اوپر اور کبھی نیچے جاتی۔ اس کے دل میں کبھی دلہن بن کر آئی ہوئی عورت کے لئے جو اپنے اِس بدنما جسم کے ساتھ اس سے محبت کی آرزو رکھتی تھی۔

بے پناہ نفرت کا طوفان آمنڈ آتا تھا۔ اور کبھی اس کے دل میں اس انجانی خاتون کے لئے جو بیاہ کے چار غلط سلط منتروں سے اس کی بیوی بن گئی تھی رحم سے بھر آتا تھا ——— وہ کبھی اسے چھوڑنا چاہتا تھا کبھی اس کے ساتھ بنا رہنا۔ اور اسی کش کش میں وہ چار دن تک اس سے محبت کا ناٹک کھیلتا رہا تھا۔

لیکن اس نے اسے اپنے دلی جذبات کی بو تک نہ پانے دی تھی ——— وہ سوچتی تھی میرا شوہر کتنا بھلا، کتنا شرمیلا، کتنا قابل ہے۔ دل ہی دل میں اس نے اپنے بخت کو سراہا بھی تھا۔ لیکن برجیش کے لئے یہ سب کچھ نا قابل برداشت ہو گیا تھا۔ اور وہ چار ہی دن بعد دِلّی بھاگ آیا تھا۔

دلّی آکر وہ ان تکلیف دہ دنوں کی یاد کو ریسٹورانوں اور ہوٹلوں میں شراب اور حسن کی صحبت میں رہ کر بھولنے کی کوشش کرنے لگا تھا کہ ایک دن اسے ماں کا خط ملا تھا: "کنیا دیوی نے جنم لیا ہے!"

برجیش نے اپنا سر پیٹ لیا تھا۔ دیوی ——— ایک زہریلی مسکراہٹ اس کے ہونٹوں پر پھیل گئی۔ عجیب ملک ہے یہ ہندوستان بھی یہاں کی عورتیں دیویاں ہیں اور مرد دیوتا اگر نہیں تو ان سے توقع رکھی جاتی ہے کہ دیوی دیوتا ہیں۔ انسان کی ضرورت اس جنت نشان میں نہیں اور اب ایک دیوی نے خود اس کے گھر میں قدم رنجہ فرمایا تھا۔

لیکن یہ دیوی آکر اسے سنبھال نہ سکی تھی۔ اس کے اکھڑے ہوئے پاؤں اور بھی اکھڑ گئے تھے۔ ویرانوں میں تند ہواؤں کے آگے اڑتی ہوئی زرد روپہولی کی طرح وہ اڑا پھرتا تھا۔ رکتا سوچتا اور پھر اڑنے لگتا۔

ایک سرد آہ اس کے دل کی گہرائی سے نکل گئی۔ وہ کروٹ بدل کر کوچ پر لیٹ گیا۔ اچانک اس کی نظر منیر کی تصویر پر گئی۔ اس وسیع صحرا میں یہی ایک

نخلستان تھا اس کی تپتی روح کو اس کے ہاں کچھ سکون ملتا تھا۔

نریندر، ٹھیک ہی تو کہتا ہے ——— اس نے سوچا ——— غلطیاں بڑھاتے چلے جانے میں کوئی تک نہیں۔ وہ بھی تو مجھ جیسا ہے۔ اسے خیال آیا جس طرح ششی نے اس کی زندگی سنوار دی ہے کیا اسی طرح نیرا میری زندگی کے بکھرے ہوئے شیرازے کو نہ باندھ دے گی۔

نیرا ——— اس نے سوچا اگر وہ اس کی زندگی میں نہ آتی تو زندگی اس کے لئے کتنی ناقابل برداشت ہو جاتی۔ وہ ختم کر چکا ہوتا اس نکمی کھوکھلی زندگی کو۔

نیرا شاعر تھی، مصور تھی، شانتی نکیتن رہ کر اس نے یہ سب کچھ سیکھا تھا وہ برجیش کی نظمیں پسند کرتی تھی۔ اس سے ملاقات کرکے وہ خوش بھی ہوئی تھی۔ اس کی گھریلو زندگی کی درد بھری کہانی سن کر اسے افسوس بھی ہوا تھا۔ اس کے لئے اس کے دل میں ہمدردی کا سمندر بھی موجزن ہو اٹھا تھا۔ اور وہ ایک دوسرے کے کافی نزدیک بھی آ گئے تھے۔

اسی نے ایک دن اسے سمجھایا تھا ——— یوں زندگی تباہ کرنے سے حاصل۔ آپ اتنے اچھے ادیب ہیں۔ اس طرح افسردہ رہ کر آپ کیونکر زندگی بخش ادب کی تخلیق کر سکتے ہیں۔ یہ نقصان آپ کا نہیں؛ ادب کا ہے۔ اور ادب کا نقصان قوم کا نقصان ہے اور قوم کا نقصان سارے ملک کا بلکہ ساری دنیا کا نقصان ہے۔ اور دنیا کے فائدے کے لئے ایک آدھ زندگی کی قربانی اتنی اہمیت نہیں رکھتی ——— اس وقت وہ اپنی اس بے قصور اور مظلوم بیوی کی طرف سے نیرا سے بحث کرتا رہا تھا۔ اور کئی اخلاقی اور سماجی اصول اس نے گنا ڈالے تھے۔

اور شاید ان کی وجہ سے وہ نیرا کی آنکھوں میں اونچا اٹھ گیا تھا لیکن

اب اپنے کمرے کی اس تنہائی میں بیٹھے ہوئے اس کے کانوں میں نیرا کے تمام الفاظ گونجنے لگے۔ اور سب کچھ اس کے سامنے روشن ہو گیا ——— گدھے، وہ تجھ پر مرتی تھی۔ وہ تیری زندگی میں آنا چاہتی تھی، وہ تیری رائے جاننا چاہتی تھی اور تو اخلاق کا چھاچھ بنا رہا۔ بڑا ابھاری شہید ——— تو گدھا ہے ——— ڈرپوک اور بزدل گدھا ——— باحوصلہ اور ہمت ور یوں ہی بازی مار لے جاتے ہیں ——— نریندر کی طرح۔

اور اس کے سامنے وہ سب خطوط پھر گئے جو نیرا نے لاہور جا کر بھی لکھے تھے۔

جس طرح اندھیرے میں اچانک بجلی کوند جاتی ہے اس کے دل میں ایک خیال کوند گیا۔ وہ کیوں نہ لاہور جائے۔ نیرا وہاں ہے، اس کی بیوی بھی وہیں ہے۔ کیوں نہ وہ ہمیشہ کے لئے اس ذہنی اذیت کا خاتمہ کر دے۔ وہ فیصلہ کر دے ——— نریندر کی طرح دو ٹوک فیصلہ۔ اور اچانک اس نے نوکر کو پکارا ——— لچھمن نوکر ہاتھ باندھے کھڑا ہوا۔

"میرا بستر باندھ دو۔ مجھے صبح کی گاڑی سے جانا ہے۔"

"مالک۔۔۔"

"بکو نہیں الارم لگا دو صبح پانچ بجے کا۔ میں یہیں کوچ پر ذرا بیٹھ لگا لوں گا اور دیکھو یہ عرضی لکھے دیتا ہوں صبح دفتر میں دے آنا۔"

اب وہ اپنی بیوی سے بات تک نہ کرے گا اس سے آنکھ تک نہ ملائے گا اور اس مصیبت سے ہمیشہ کے لئے نجات حاصل کر کے ہی لوٹے گا ———

اپنی خیالات سے کھد بداتا ہوا وہ گاڑی سے اترا اور ایک تانگہ پکڑ کر گھر کی طرف چل پڑا اس کے چہرے پر اس کے عزم کی سختی تھی، خود اعتمادی کی چمک تھی۔

کسی بہادر سپاہی کی طرح وہ محسوس کر رہا تھا جیسے وہ کسی بھاری مہم کو سر کرنے جا رہا ہے۔ اپنی گزشتہ کمزوری اور ڈھل مل یقینی پر اسے غصہ آ رہا تھا۔ کیوں نہ اس نے اس سے پہلے فیصلہ کیا۔ اپنے اس تذبذب پر وہ خود ہی ہنس دیا۔ نرتنیدر کی چٹھی نے اس کی قوتِ ارادی کو اور بھی مستحکم کر دیا تھا۔

گھر پہنچا تو اسے برآمدے ہی سے پتہ چلا کہ اس کی ماں بیمار ہے۔ اس کے دل میں اُبلتے ہوئے ارادے پر اس خبر نے پانی کے چھینٹوں کا سا کام کیا۔ ماں کی طبیعت ذرا سنبھل جائے تب سہی۔ اس نے دل ہی دل میں کہا لیکن میں اپنے ارادے سے ٹلنے کا نہیں۔ اس دوران میں نیرا کی رائے کا بھی پتہ چل جائے گا۔ اور چارپائی پر بےجان سی پڑی محض کراہٹوں میں زندہ اپنی ماں کے قدم چھو کر وہ کوچ میں دھنس گیا۔

تبھی اس کی بہن نے بچی کو لا کر اس کی گود میں رکھ دیا۔ "دیکھ بے بی تمہارے پاپا آئے ہیں"—— بے بی اور پاپا اس کے دل میں پھر غصے کا طوفان اٹھا۔ اسے محسوس ہوا جیسے کوئی لجلجا سا کیکڑا اسے آ کر چمٹ گیا ہے —— "گدھے یہ تیری کرتوت ہے"۔ ایک نفرت بھری نظر اس کیکڑے پر ڈال کر اس نے اپنے آپ کو گالی دی۔ لیکن بظاہر اس کے منہ سے صرف اتنا ہی نکلا —— "اسے لے جاؤ، شیلا، مجھے باہر جانا ہے"۔

"لیکن اس وقت؟"

"ہاں"۔

"لیکن ابھی سفر سے آئے ہو، اب آرام کرو، صبح ہو آنا"۔

"نہیں"۔

"اس کے لہجے میں کچھ ایسی سرد مہری، کچھ ایسی درشتی تھی کہ بہن چپ چاپ

بچی کو اٹھا کر اندر بھابی کے پاس لے گئی۔"

اپنے لڑکے کے اداس رنجیدہ چہرے کو دیکھ کر ماں کا دل بھر آیا۔

"کیا بات ہے بیٹا۔" وہیں لیٹے لیٹے کراہ کر ماتا بھرے لہجے میں اس نے پوچھا۔

برجیش جل اٹھا۔ انھیں گویا کچھ معلوم ہی نہیں۔ خود ہی آنکھ چبھو کر اب پوچھ رہی ہیں ——— یہ آنکھ میں آنسو کیسے بیٹا اور اس کی آنکھیں سچ مچ بھر آئیں جیسے وہ سچ مچ چبھ گئی تھیں۔

"کیا بات ہے کہتے کیوں نہیں؟" ماں نے اور بھی گھبرا کر پوچھا۔

"آپ کو جیسے معلوم ہی نہیں۔" وہ منمنایا۔" اس طرح مجھے پھنسا کر قربانی کا بکرا بنا کر آپ بے خبر بن بیٹھی ہیں۔ آپ نے میری زندگی تباہ کر دی ہے۔ میں فیصلہ کرانے آیا ہوں اس جھنجھٹ سے ہمیشہ کے لئے چھٹکارا پانے آیا ہوں ...... اور وہ بھول گیا کہ اس نے تو ماں کی طبیعت سنبھلنے تک چپ رہنے کا فیصلہ کیا تھا۔

" ہماری خوشی تو تمہاری خوشی ہی میں ہے بیٹا۔" ماں کے کراہنے میں اضافہ ہو گیا۔" لیکن پرائی لڑکی کا خیال آتا ہے۔"

"پرائی لڑکی کا خیال آتا ہے اور اپنے لڑکے کا خیال نہیں آتا؟" اس نے بھرے گلے سے کہا۔" اگر آپ میرے ساتھ اسی طرح سلوک کریں گی تو میں پاگل ہو جاؤں گا۔"

" صبر سے کام لو بیٹا ——— لڑکے کے پاگل ہونے کے تصور ہی سے لرز کر ماں نے کہا۔ اس کا منہ سفید ہو گیا اور درد کی زیادتی کے باعث اس کے چہرے پر بے گنتی لکیریں بن گئیں۔

برجیش اُٹھ کر دوسرے کمرے میں چلا گیا۔ اس کی بیوی اس کے آنے کی خبر سُنکر رسوئی خانے میں چائے بنانے لگی تھی۔ سوٹ کیس سے تولیا اور صابن دانی لے کر اس سے نگاہ بلائے بغیر وہ جلدی جلدی غسل خانے کی طرف بڑھا۔ ہاتھ منہ دھو کر ابھی وہ کمرے میں لوٹا ہی تھا کہ اس کی بیوی نے چائے کی ٹرے لاکر میز پر رکھدی۔

لیکن اس نے چائے نہیں پی۔ "مجھے ابھی ایک جگہ جانا ہے" صرف اتنا کہہ کر وہ اندر گیا۔ اس نے بال سنوارے اور نیا سوٹ نکالا۔۔۔۔۔۔ یہ سوٹ اسے بہت سجتا تھا۔ دوستوں نے اس کی بڑی تعریف کی تھی۔ اور خود بھی اسے یہ بہت پسند تھا۔ نیرا سین سے ملنے کے لئے جانے کے خیال سے آپ سے آپ یہ سوٹ اس کے ہاتھ میں آگیا تھا۔

کپڑے بدل کر وہ قدِ آدم آئینے کے سامنے جا کھڑا ہوا۔ اس نے سر سے پاؤں تک اپنا جائزہ لیا اور مطمئن ہو کر مسکرایا۔ لیکن اس کی نظر سر کے بالوں پر پہنچ کر اٹک گئی۔

اُسے خیال آیا اس کے بال کتنے خوبصورت اور گھنے ہوتے تھے لیکن قابلیت کی دیوی کے چرنوں میں اس کے لمبے گھنے بال بھینٹ چڑھ گئے تھے اور پرشاد کے روپ میں اسے چوڑی پیشانی ملی تھی۔ قابل اور صاحب فکر ہونے کا انعام۔

سوٹ پہن کر اور ٹائی کی گرہ کو ایک بار پھر ٹھیک کر کے وہ گھر سے نکلا سڑک پر بجلی کی بتیاں اس کے تاریک دل میں روشن بے گنتی آرزوؤں کی طرح جگمگا رہی تھیں۔ وہ خوش تھا۔ اس کے رنج و غم موسمی پرندوں کی طرح نہ جانے کن انجانے دیسوں کو اڑ گئے تھے۔ اس کا جی ہلکا تھا معلوم ہوتا تھا جیسے کوئی بھاری

بوجھ اس پر سے اُتر گیا تھا ـــــــ ساڑھے نو بجے تھے جب وہ نیرا کے گھر پہنچا۔

نیرا اس وقت ڈرائنگ روم میں بیٹھی ایک خوش پوش نوجوان کے ساتھ باتیں کر رہی تھی۔ اسے دیکھ کر مسرت کی ایک دلفریب "اوہ" اس کے ہونٹوں سے نکلی اور بجلی کے قمقموں کی روشنی میں ٹشو کی جھلملاتی ساڑی میں ملبوس اپنی سندر چھب بکھیرتی ہوئی وہ اس کے خیر مقدم کو اٹھی۔ لحظہ بھر کے لئے برجیش اس کی طرف دیکھتا رہ گیا۔ وہ اسے اتنی خوبصورت کبھی نہ لگی تھی۔

"یہ ہیں میرے دوست پروفیسر گجیندر ہندوستان کے مشہور آرٹسٹ" اجنبی کی طرف اشارہ کرتے ہوئے اس نے برجیش سے کہا۔

آرٹسٹ ـــــــ برجیش نے دیکھا ـــــــ لمبا قد گٹھا ہوا جسم وجیہہ چہرے پر قابلیت اور خود اعتمادی کی لکیریں، گہری احساس بھری بڑی بڑی آنکھیں ـــــــ لمبی ناک اور خوبصورت باریک ہونٹ۔

"یہ شانتی نکیتن بھی رہ چکے ہیں" نیرا میٹھے سُر میں چہچہائی۔ اور وہیں میز پر رکھا ہوا ایک پرس دکھاتے ہوئے اس نے کہا "یہ بٹوا آپ ہی کے ہاتھوں کا بنا ہوا ہے۔ آپ نے مجھے بھینٹ کیا ہے"

پھر اس نے آرٹسٹ کو مخاطب کر کے برجیش کی طرف اشارہ کیا "اور یہ میرے بھائی ہیں مسٹر برجیش مشہور شاعر اور ادیب"

بھائی ـــــــ برجیش کا دل دھک سے رہ گیا ـــــــ اب میں کیا بھائی ہی بننے کے قابل رہ گیا ہوں ـــــــ اس نے سوچا ـــــــ اگر اور چار برس اسی طرح گزر گئے اور لڑکیاں جنہیں وہ چاہتا ہے اُسے بھائی ہی

بناتی چلی گئیں تو .... تو شاید اسے اپنی زندگی اسی بیوی کے ساتھ ہی بسر کرنی پڑے —— اچانک اس کا ہاتھ اپنے روز بروز چھدرتے ہوئے بالوں کی طرف چلا گیا۔ اور اس کی انگلیاں جیسے جھجکتی ہوئی آہستہ آہستہ ان میں بڑھنے لگیں اور ایک کھسیانی سی مسکراہٹ اس کے ہونٹوں پر پھیل گئی ......

"آپ سے مل کر بڑی مسرت ہوئی"۔ اس نے بڑھ کر آرٹسٹ سے ہاتھ ملانے کی کوشش کرتے ہوئے کہا۔ لیکن انھوں نے اُٹھ کر صرف ہاتھ جوڑ دیئے۔

وہ خفیف سا ہو کر کوچ پر بیٹھ گیا۔

اس کے بعد نیرا نے کیا باتیں کیں اس نے کچھ نہیں سنا۔ ان منا سا بیٹھا "ہوں ہاں" کرتا رہا۔ تمام وقت اس کے دماغ میں صرف دو باتیں گھومتی رہیں —— نیرا کا لفظ "بھائی" اور "اس کی بیوی"۔

تھوڑی دیر بعد وہ اجازت لے کر چلا آیا۔ اپنے خیالات میں محو اسے معلوم بھی نہ ہوا کہ وہ کب گھر پہنچا —— سب لوگ سو گئے تھے۔ صرف اس کی بیوی رسوئی میں بیٹھی اس کا انتظار کر رہی تھی۔

اس کا ہاتھ اچانک اپنے بالوں میں پھر گیا، اور اس کے دل میں اس غریب کے لئے رحم کا جذبہ بیدار ہو اٹھا۔

خزاں کی ویسی ہی برفیلی رات تھی۔ دھوئیں اور دھند نے شہر کے تمام شور و شغب کا گلا گھونٹ کر چاروں طرف اپنا تسلط جما لیا تھا۔ گہری تاریکی

چھائی ہوئی تھی۔ کسی اکیلے تانگے یا سائیکل کی کھڑکھڑاہٹ یا اس کی ٹمٹماتی بتی اس خاموش تاریکی کو اور بھی نمایاں کر رہی تھی۔ برجیش لڑکھڑاتا ہوا ——

" بھونرا دس کا لوبھی رے "

گنگناتا اپنے گھر کے برآمدے میں داخل ہوا۔

اپنے پھٹے میلے کمبل میں سکڑا ہوا نوکر ابھی تک اس کا انتظار کر رہا تھا۔

" دروازہ کھولو" نشہ خیز تھرتھراتی آواز میں اس نے کہا۔

نوکر نے دیکھا آج بھی اس کے مالک کی چال اور لہجہ میں لڑکھڑاہٹ ہے چپ چاپ اٹھ کر اس نے کواڑ کھول دیئے۔ برجیش جاکر کوچ میں دھنس گیا سامنے میز پر پیالہ اور صراحی ازلی ساتھیوں کی طرح موجود تھے۔ برجیش نے صراحی اٹھائی اور پیالے میں شراب ڈھالتے ہوئے نوکر سے پوچھا "کوئی ڈاک آئی ہے"

"یہی ایک لفافہ آیا ہے" نوکر نے وہیں میز پر پڑے ہوئے ایک لفافے کی طرف اشارہ کر دیا۔

برجیش نے جلدی سے لفافہ اٹھایا۔ اسے مسز پاٹھک کے خط کا انتظار تھا۔ لاہور میں اس کا قیام اس کی سخن فہمی نے لمبا کر دیا تھا اور بعد میں بھی ان کی خط و کتابت جاری تھی —— لیکن خط اس کی ماں کا نکلا۔

" تمہارے گھر کل کنیا دیوی نے جنم لیا ہے" اس کی ماں نے لکھا تھا " ماں بچی دونوں صحت سے ہیں" اور پھر اسے تسلی دی تھی " بیٹا تم فکر نہ کرنا ہو راضی رہے اگلی بار بھگوان لڑکا دیں گے"

لڑکا .... اگلی بار .... پھٹے ہوئے ڈھول

کی مانند وہ ہنسا۔ اور دوسرے لمحے اس نے پیالہ اٹھا کر ایک ہی گھونٹ میں ختم کر کے اسے میز پر پٹک دیا اور نشے میں بے سدھ کوچ میں اوندھا لیٹ گیا۔

نوکر نے دیکھا ——— پھٹے ہوئے ڈھول کی طرح ہنستا ہوا وہ بڑبڑا رہا تھا .... اگلی بار .... لڑکا .... اگلی بار .... لڑکا ....

تعارف افسانہ : **بزدل** (شکیلہ اختر)

محبت کی دنیا ہمیشہ متضاد کیفیات کی حامل ہوتی ہے۔ محبوب کا دیدار نصیب ہونے پر اظہارِ مسرت کی بجائے سرد آہیں کھینچی جاتی ہیں۔ چہرے پر دفورِ جذبات سے سرخی دوڑنے کی بجائے حسرت ویاس کی زردی اپنا رنگ جماتی ہے خوشی سے ناچ اٹھنے کی بجائے دھڑکتا ہوا دل دونوں ہاتھوں سے تھام کر بیٹھ جایا جاتا ہے۔ دلی جذبات کو ظاہر کرنے والی تنہائی میں یاد کی ہوئی طویل تقریریں موقعہ ملنے پر اس طرح ذہن سے اتر جاتی ہیں کہ ایک لفظ بھی زبان سے ادا نہیں ہوسکتا۔ بوسے کی تمنا لذتِ اِنتشام حاصل کرنے کی بجائے لبوں میں تھرتھری پیدا کرکے اقدامِ عمل سے مانع رکھتی ہے اور وہ سب کچھ ہوتا ہے جو اُصولاً نہیں ہونا چاہیئے ـــــ لیکن اصول ؟ ـــــ محبت کی اپنی نگری میں اس دنیا کے اصول وآئین سے بحث نہیں ہوتی۔ اس کے قواعد و قوانین جدا ہوتے ہیں۔ شمع ان تمام حقائق کو اچھی طرح جانتی اور سمجھتی تھی لیکن "وہ زیدی کی خاموش نگاہوں کی خلش کو محسوس کرتے ہوئے بھی اس کی محبت کے بتیابانہ اِقرار کی خواہشمند رہی" اور یہی اس کی زبردست بھول تھی۔ جس چیز کو مرد کی بزدلی سے تعبیر کیا گیا ہے۔ وہ عورت کی کج فہمی ہے۔ حقیقتاً جو کان نگاہوں کے خاموش پیغام کو نہ سن سکیں۔ ان کے سامنے زبان کو کبھی شرمندہ الفاظ نہیں کیا جاتا۔ اس افسانے کی ارتقائی نشوونما قابلِ تعریف ہے۔ اردو کے نفسیاتی اَفسانوں میں اسے ہمیشہ ایک درجۂ اِمتیاز حاصل رہے گا۔ البتہ عنوان اور اسی لحاظ سے آخری لفظ کی واجبیت کسی قدر محلِ نظر ہے شکیلہ اختر

کے حالاتِ زندگی حسب ذیل ہیں :۔

"میں اپنے آبائی وطن ارول میں پیدا ہوئی جو ایک قصبہ ہے۔ میری اماں جان کو اردو رسائل اور انگریزی ناولوں کے ترجموں سے گہری وابستگی تھی۔ اس لئے میں نے آنکھ کھولتے ہی بہت سارے رسالے اور ناول دیکھے۔ اسی زمانے میں محلے کے مولوی صاحب کے یہاں میں دونوں وقت اپنا بستہ دبائے بڑی پابندی سے جاتی رہی۔ پڑھنے کے ساتھ ساتھ جب ذرا لکھنا بھی آگیا تو صرف اپنا نام چھپا ہوا دیکھنے کی تمنا میں اپنے "دل" اور "نظر" پر پتھر کی سل رکھکر روپئے جمع کرتی اور اسے بڑی خوشی کے ساتھ بزم عصمت اور محفلِ تہذیب میں کسی چھوٹی سی تقریب کے نام بھیج دیتی۔ میرا نام چھپتا اور میری مسرت کی انتہا نہ ہوتی۔ بس سمجھ لیجئے کہ میرے شوق کی ابتداء یہیں سے ہوئی۔ مکتب کی زندگی نے بچپن ہی سے ایک گہرا اثر ڈالا تھا۔ میرا پہلا افسانہ "مکتب کے مولوی صاحب" چھپا۔ "بوڑھا مدرس" اور "نئے طریقے" بھی اسی سلسلے کے افسانے ہیں۔ میری شادی کے بعد کی چند سالہ زندگی بہت پریشان کن گزری ہے۔ اختر صاحب اور میں نے ویرانے اور جنگلوں کی خاک چھانی ہے۔ وہ زمانے اگرچہ پرالم تھے مگر ان غمناکیوں میں بھی زندگی کی ایک پکار تھی جس سے ہم دونوں اثر پذیر ہوئے

مجھکو یہاں پر اپنے افسانہ "بزدل" کے ان جملوں کی نقل کرنی پڑے گی کہ "میں نے افسانہ لکھتے ہوئے کبھی کچھ نہ سوچا۔ جو بھی محسوس کیا لکھتی چلی گئی"۔ میرے افسانوں کے دو مجموعے "درپن" اور "تین ستارے" کے نام سے عنقریب شائع ہوں گے۔ مجھے نظموں سے بھی دلچسپی ہے کچھ مختلف رسائل میں شائع ہو چکیں۔ کچھ میرے پاس محفوظ ہیں"۔

شکیلہ اختر

بزدل

سائے تاریک ہوتے جا رہے تھے۔ اور وہ بے بسی سے اسی اندھیرے میں گھٹ جانا نہ چاہتی تھی۔ اسے محسوس ہوتا جیسے کسی اتھاہ سمندر میں ہاتھ پاؤں مار رہی ہے۔ ساحل کا کوئی پتہ نہیں، اور اسے تیرنا نہیں آتا۔ اس کا تھکا ہوا جسم شل ہوا جا رہا تھا اور اسے لگ رہا تھا کہ پانی کی سطح پر یہ چند ابھرتے ہوئے۔ بلبلے بھی جلد ہی ہمیشہ کے لئے مٹ جائیں گے اور ہر طرف تاریکیاں ہی باقی رہ جاتی ہیں۔

اِس گھٹا ٹوپ اندھیرے میں کبھی کبھی اس کی نگاہوں کے آگے بجلیاں سی کوند جاتیں۔ مبہم امید کی چند کرنیں اس کے دل کے درزوں میں سے جھانکتیں۔ کچھ مدھم سے نقوش ابھرتے۔ اسے دھندلا دھندلا خواب سا یاد آتا اور جب اس کا دل بری طرح گھبرانے لگتا تو وہ انہیں مٹتے ہوئے نقوش کو اپنی نگاہوں کے موٹے قلم سے تخیل کے پردے پر ابھارنے لگتی۔ پھر وہ رنگینیوں میں ڈوب جاتی۔ کیفِ خمار کے احساس اویس میں۔ پہلی پہلی جذبات کی دبی ہوئی لذتیں اسے یاد آئیں۔ جب وہ ایک سرور محسوس

کرنے لگی تھی اس نے زیدی کو پہلی بار دیکھا۔ پہلے وہ اس نوائے سروش سے بے خبر تھی جو زیدی کی نگاہیں اسے سنا رہی تھیں۔ اس نے کچھ نہ سمجھا کہ دنیا اتنی حسین کیوں ہوگئی ہے مگر رفتہ رفتہ اس نے محسوس کیا۔ وہ یکایک چونکی مگر سنبھل نہ سکی۔ زیدی بہار بن کر آیا اور اس پر چھا گیا۔ شمع اپنے دل کی پرخلش لذتوں کو چھپائے زیدی سے ملتی رہی۔ پہلے خاموش خاموش کھنچی کھنچی سی جھکی ہوئی پلکوں سے وہ بس اتنا ہی محسوس کرکے خوش ہولیتی کہ زیدی ابھی اس کے پاس ہے مگر وہ کچھ زیادہ دنوں تک اپنی دلی کیفیتوں کو چھپا نہ سکی۔ طوفان کی زد میں ڈالیاں جھومے بغیر کیسے رہ سکتی تھیں۔ اس نے کچھ نہ جانا کہ اسے کیا کرنا ہے اور اس خود فراموشی کی حالت میں وہ کچھ جاننا بھی نہ چاہتی تھی۔ والہانہ طور پر اسے خیال ہوتا کہ زیدی اس سے محبت کر رہا ہے۔ پھر بھی وہ اپنی روح میں ایک خلا محسوس کرتی۔ جیسے اسے کسی چیز کا انتظار ہو۔ شمع نے انجان رہ کر محسوس کیا تھا کہ زیدی اکثر کئی کئی بہانے سے صرف اس سے ملنے آتا ہے۔ ایک بار سنگر مشین پر جھکی ہوئی وہ کچھ سی رہی تھی۔ ہنڈل زور زور سے چل رہا تھا۔ اسے اس تنہائی میں بہت سی باتیں یاد آرہی تھیں۔ جس طرح سِلتے ہوئے کپڑے تیزی سے پیچھے بھاگتے جارہے تھے اسی طرح اس کی آنکھوں کے آگے سے بھی کتنی یادگار باتیں گزرتی جارہی تھیں وہ مشین کو اور بھی تیز تیز چلانے لگی اس کے جسم کے ہر ہر بند اور ہر ہر جوڑ میں ایک طوفان بپا تھا وہ مشین کو اتنے زور زور سے چلانا چاہ رہی تھی کہ اس کے ایک ایک پرزے اپنی جگہ سے ہل ہل اٹھیں۔ اس کا دل ایک سیلاب کی طرح امڈ جانا چاہتا تھا۔ اور وہ ساحل سے ہم آغوش ہوجانے والی لہروں کا ترنم سننے کو بیتاب تھی۔ وہ

گھبرائی گھبرائی خوفزدہ سی رہتی پھر بھی کبھی کبھی اس کا دل مسرور لگتا اور اس کی نگاہیں ایک خوش آگیں خواب دیکھنے لگیں، کبھی دھندلا اور کبھی صاف، روشن چمکیلا سا خواب۔

وہ مشین پر جھکی زور زور سے ہینڈل چلاتے چلاتے تھک گئی تھی۔ اس کے کندھوں میں درد ہونے لگا تھا اس نے سر اٹھا کر اپنے گرد خاموشی کو محسوس کیا اور تنہائیوں سے اکتاتے ہوئے مشین کو پھر تیز تیز چلانے لگی۔

مکان کے ایک حصہ سے گھر کے لوگوں کی ملی جلی آوازیں آ رہی تھیں۔ کبھی کبھی گفتگو کا کوئی دلچسپ حصہ بھی سنائی دیتا۔ وہ اسی طرح اپنی سلائی میں مشغول تھی۔ دوسرے کمرے میں اس کا بھائی خاموشی سے اپنی کتابوں میں غرق تھا، کمرے میں داخل ہوتے ہوئے سفید پنٹ کی پھری اور سیاہ بوٹ اسے نظر آیا مگر وہ سر جھکائے اسی طرح سیتی رہی۔ زیدی کی آواز سن کر شمع چونکی وہ کہہ رہا تھا کہ "رات اپنی آنے والی کتابوں کی رسید وہ شاید یہیں کہیں بھول گیا ہے" چکر لگاتا ہوا ہینڈل اس کے ہاتھ سے چھوٹ گیا۔ اس کے بازو میں اینٹھن ہونے لگی تھی، زیدی اس کے قریب ہی آکر بیٹھ گیا۔ سلے ہوئے کپڑے کو الٹ پلٹ کر وہ ہنستے ہوئے شمع سے کہنے لگا کہ وہ "اس سے کہیں بہتر سلائیاں کر سکتا ہے" پھر مشین کو چلاتے ہوئے بولا کہ "کالج کے بعد وہ ایک ٹیلرنگ ہاؤس کھولے گا جہاں طرح طرح کی سلائیاں ہوں گی"۔ ہینڈل زور زور سے چکر لگا رہا تھا سلائی ٹیڑھی ٹیڑھی ہو رہی تھی اور کپڑا مشین کے دانتوں سے بہکا جا رہا تھا، گھن گھن کی تیز آواز گونج رہی تھی۔ تھوڑی دیر میں زیدی چلا گیا۔ شمع نے اپنے دل کو یقین

دلانا چاہا کہ زیدی صرف اس سے ملنے کے لیے آیا تھا، زیدی نے جاتے ہوئے کہیں پر بھی اپنی کتابوں کی رسید نہیں ڈھونڈی تھی، شاید وہ یہی بتانے آیا تھا کہ اس کی روح میں بھی ایک زلزلہ آچکا ہے۔ مگر شمع چاہتی تھی کہ زیدی اسے یہ بتا دے کہ وہ اس کو بغیر دیکھے ہوئے نہیں رہ سکتا۔ وہ اکثر سوچتی "کیا یہ سچ ہے" وہ جیسے تاریکی میں کسی چیز کی متلاشی تھی۔ پھر بھی اس کے دل کو غائبانہ طور پر محسوس ہوتا کہ زیدی اس سے محبت کر رہا ہے، وہ اس کی نگاہوں کو ٹٹولتی، اس کی ہر ایک کیفیت کو دیکھتی اس کی ساری باتوں پر غور کرتے ہوئے اسے کسی چیز کو پا لینا تھا۔ کبھی کبھی زیدی کی خاموش نگاہوں کی گہرائیوں میں اس کے دل کا سراغ ملتے ملتے رہ جاتا اور اسے ایسا لگتا جیسے " لکا چوری " کھیلتے ہوئے وہ اپنا کھونٹا چھوتے چھوتے رہ گئی ہو۔

وہ زیدی کی خاموش نگاہوں کی خلش کو محسوس کرتے ہوئے بھی اس کی محبت کے بیتابانہ اِقرار کی خواہشمند تھی، وہ نہیں جانتی تھی کہ اس کا دل کیوں صرف اِتنی سی بات، لبوں کی ایک ہلکی سی جنبش اور تھرتھراتے ہوئے لفظوں کی تھوڑی سی پر معنی گونج سننے کے لئے بے چین ہے۔ بس اسے اِتنا معلوم تھا کہ اس کی روح مضطرب ہے، بعض دفعہ وہ اپنی اس لطیف محبت کی اتھاہ گہرائیوں میں ڈوبتی ہوئی اس کی تھاہ لینے لگتی تو پھر اسے لگتا جیسے وہ تپتے ہوئے صحرا میں اکیلی بھٹک رہی ہے۔ وہ کچھ سمجھی اور کچھ سمجھنے کی کوشش ہی کر رہی تھی کہ اچانک طور پر زیدی اس سے جدا ہو گیا ایک لامحدود عرصے کے لئے وہ چلا گیا ——— وہ دل کی گہرائیوں میں بیتابانہ خلش بار بار اس سے سوال کرتی "کیا زیدی کو اس سے کوئی لگاؤ بھی نہ تھا، کوئی اُنس تک نہیں ؟" اور جب کچھ بھی تھا تو پھر اس طرح وہ یکایک چلا کیوں گیا؟" شمع نے اسے

شاید غلط سمجھا تھا، وہ تھوڑی سی باتوں کو اپنی نگاہوں کی بھول تو سمجھ لیتی مگر وہ زیدی کی کتنی باتوں کو بھلا سکتی تھی، روح اور دل کی ٹکڑوں کی جھنکار سے کھیلنے والے زیدی کو وہ کبھی یاد نہ رکھنا چاہتی تھی مگر جب زیدی اس سے دور جا چکا تھا تب شمع نے سمجھا کہ وہ کنارے کی کس حد تک پہنچ چکی ہے۔

گھر بھر سے الگ تھلگ جیسے ننھی لڑکیاں ایک کونے میں میٹھی قسم قسم سے اپنی گڑیا سنوارتی رہتی ہیں۔ ٹھیک اسی طرح شمع اپنے افسانے اور اپنی نظموں کی رنگین دنیا میں سرگرداں تھی، وہ مصور نہیں تھی مگر اپنے ادب کے پردے پر زیدی کی کتنی ہی بولتی ہوئی تصویریں بنا چکی تھی۔ جب وہ اپنی تنہائیوں سے گھبرا جاتی تو صرف وہ اپنے کو بہلانے کے لئے افسانے لکھتی، شوخ رنگین اور رومانی افسانے جہاں زیدی خاموش نہ رہتا، اس کی روح کا خلا مٹتا جا رہا تھا، اس لئے اپنے سکون کی دنیا تلاش کر لی تھی گزری ہوئی نگاہوں کی داستان مسلسل اور خاموشیوں کی بس ایک ہی تھکا دینے والی یاد سے وہ تنگ آ چکی تھی۔ اب جیسے بھی اس کا جی چاہتا زیدی اس سے باتیں کرتا رہتا، گھنٹوں طرح طرح کی باتیں، ادب کی لامحدود دنیا اس کے سامنے اور اس کے افسانے فردوس بداماں تھے۔ اس نے اپنی تڑپتی ہوئی روح کو بردماٹد اور اپسرو دیکر بہلانا چاہا اور وہ کسی حد تک کامیاب بھی ہو گئی تھی۔

ایک طویل عرصہ گزر گیا۔ شمع کی نگاہوں میں اب زیدی کا تصور بھی دھندلا ہوتا جا رہا تھا کبھی کبھی دیر دیر تک وہ زیدی کی کبھی کی دیکھی ہوئی صورت کو یاد کرتی مگر اس کو خواب میں دیکھے ہوئے ایک مبہم عکس کے سوا کچھ بھی یاد نہ آتا۔ پھر بھی وہ زیدی کو بھلا نہ سکتی تھی، گزرے ہوئے ایک ایک دن اس کے افسانوں میں یادگار بن چکے تھے مگر جیسے کلوروفارم کی بیہوشی کے بعد ہوش نہیں

آتے ہوئے شاید تڑپ کا احساس ہوتا ہے۔ اسی طرح اپنے رنگین افسانوں سے اکتا کر شمع کا دل مضطربانہ چیخ اٹھتا "کاش کبھی تو ایسا ہوتا!" پر خلش حسرتوں کے ساتھ بھی وہ اپنے ادب کی رنگین دنیا سے الگ نہ ہو سکی۔ اس کی تسکین کا بس یہی تو ایک سہارا تھا اور اس سہارے کے بغیر وہ کیا کرتی۔!

یکایک شمع نے ایک تکلیف دہ حقیقت کو محسوس کیا۔ اس کے اپنے افسانے کے عزیز ترین زیدی کی ٹھیک اسی طرح ایکٹنگ کرتا ہوا تنویر اس کی روح پر چھا جانا چاہ رہا تھا۔ وہ شمع کا دور کا ایک عزیز تھا۔ شوخ، طرار، فلمی گانوں کا شوقین، اپنی دلی تمناؤں کی طرح طرح سے نمائش کرنے والا، بے جھجک تنویر تیزی سے اس کی طرف بڑھتا ہوا چلا آ رہا تھا، شمع کے رنگین افسانوں کے شوخ کردار سے شاید اسے غلط فہمی لگی تھی۔ تنویر کو ادب سے کوئی لگاؤ نہ تھا مگر جب سے اس نے زیدی کی تصویر سے اپنے قہقہوں کی گونج سنی تھی تب سے وہ ادب نواز بن گیا تھا۔ وہ شمع کے تنہائیوں میں دیکھے ہوئے خوابوں کو حقیقت سے بدلنے کو روز نئے نئے سوٹ پہن کر آتا، شمع کو کبھی اس سے کسی قسم کی دلچسپی نہ رہی تھی مگر تنویر کو کسی پذیرائی کی ضرورت نہ تھی وہ شمع کے افسانے پڑھ کر ساری باتوں کو سمجھ چکا تھا۔ تنویر کی رنگین ٹائیوں کو دیکھتے ہوئے شمع کا دم اُلجھنے لگتا جیسے ٹائی کی گرہ خود اس کی گردن میں پیوست ہوئی جا رہی ہے۔ شمع نے کبھی تنویر کی پیشکش کو قبول نہ کیا۔ اس کو تنویر سے ایک چڑ ہو گئی تھی۔ مگر تنویر ایک سطحی بلبلا تھا۔ وہ شمع کے دل کی گہرائیوں کو کیا جان سکتا تھا۔ تنویر شمع کی زندگی کے لئے ایک نشتر بن گیا تھا، وہ اس صورت میں زیدی کو بھلا بھی تو نہ سکتی تھی۔

آخر تنویر کی چڑ سے اس نے اپنا لکھنا بند کر دیا۔ اسے اپنے افسانوں سے خود ہی وحشت ہونے لگی تھی، اپنے بنائے ہوئے کھلونے بھی اس کے اپنے نہ رہے تھے،

وہ اکیلے میں خود کو تسکین دینے کے لئے صرف ڈائری لکھنے لگی، زیدی کی شوخ بولتی ہوئی نقلی تصویر بنا کر اس نے اپنے کو فریب دینا چاہا تھا مگر کامیاب نہ ہو سکی۔ اس دفعہ وہ رنگین برشوں کو پھینک کر پنسل اسکیچ سے ہو بہو زیدی کی اپنی تصویر بنانے لگی۔ اب اسے ایک گونہ قرار ملا تھا۔ وہ تنویر سے انتقام لے کر خوش تھی مگر تنویر ان باتوں سے بے خبر تھا۔ اس کی آنکھیں کتنی ہی فلموں کو جذب کر چکی تھیں۔ اس نے اِس روٹھی ہوئی سنز کے اَن گنت مناظر دیکھے تھے۔ اُسے ہر گھڑی ہر موسم کے فلمی گانے یاد تھے جنھیں یاد کرنے کو اس نے کالج کے لیکچروں کو سننے سے زیادہ اہمیت دی تھی۔

خاندان کا ایک فرد ہونے کی حیثیت سے تنویر کو ہر طرح کی آزادی تھی۔ چھوٹی چھوٹی باتوں میں اس کی شرکت ضروری سمجھی جاتی۔ وہ لوگوں کی دلچسپیوں کا مرکز تھا۔ طرح طرح کے لطیفے اور قسم قسم کے گانوں سے وہ سب کا ہر دلعزیز بن چکا تھا۔ رفتہ رفتہ وہ شمع کے گھر پر چھا گیا، اور شمع اپنی امید کے چراغ شکستہ کی مدھم کرنوں کو ایک ایک کر کے مٹتے ہوئے بے بسی سے دیکھ رہی تھی۔ اندھیرے بڑھتے ہوئے آ رہے تھے اور شمع آہستہ آہستہ ان تاریکیوں میں غرق ہوتی جا رہی تھی۔

شمع گھر کے سارے لوگوں کے ساتھ گنگا کے اس پار 'بوٹنگ' میں گئی مگر تنویر کی محبت کے بے جا اظہار سے چڑ چڑی ہو کر وہ جلد ہی وہاں سے اکیلی واپس لوٹ آئی اپنے کمرے میں جاتے ہوئے اسے یک بیک خیال ہوا زیدی کئی بار یہاں سے گزرا تھا اور اب وہ اس وقت کہاں ہوگا! تنویر نے جیسے اس کے دل کے زخموں کو اپنے ناخن سے کھرچ دیا تھا۔ جب وہ کمرے کے اندر پہنچی تو بجلی کی تیز روشنی میں اچانک اس کی آنکھیں جگمگا اٹھیں۔ اس کی

خواب سا لگا۔ وہ دیر تک دیکھتی رہی۔ اس کی متجسس سی نگاہیں زیدی کو ہمیشہ کے لئے اپنے میں جذب کر لینا چاہتی تھیں۔ وہ بالکل پہلے جیسا تھا۔ وہی مخصوص پرانی مسکراہٹ ابھی تک اس کے لبوں پر کھیل رہی تھی مگر نگاہیں پہلے سے کچھ بے باک اور شوخ نظر آ رہی تھیں۔ وہ زیدی سے ملنے میں ذرا بھی نہ گھبرائی۔ اسے اپنی پہلی جھجک یاد تھی۔ وہ اپنے افسانوں میں ان راستوں سے ہوتی ہوئی کہیں آگے تک پہنچ چکی تھی وہ بے جھجک مسلسل باتیں کرتی ہوئی یہ بتا دینا چاہتی تھی کہ اتنے عرصے میں کتنی بدل چکی ہے۔

زیدی شمع کا مہمان تھا اسے اپنے کالج سے کوئی سرٹیفکیٹ لینا تھا۔ شمع اپنے ہاتھوں سے جب زیدی کی ساری چیزیں ٹھیک کر چکی تو دیر تک غیر شعوری طور پر وہ زیدی کی ٹائی سے کھیلتی رہی۔ خواب اور بیداری کے درمیان اس کا دل تیز تیز دھڑک رہا تھا۔ گھر کے سارے لوگوں نے بڑی خوشی سے زیدی کو خوش آمدید کہا۔ زیدی کی خاموشی اب دور ہو چکی تھی۔ وہ دیر دیر تک دلچسپ باتیں کرتا رہتا۔ زیدی نے تنویر کے گالے سنے اور گھر کے دوسرے لوگوں کی طرح وہ بھی تنویر کا دوست بن گیا۔

شمع دور رہ کر زیدی کی نگاہوں کو محسوس تو کر رہی تھی، وہ دیکھتی تھی کہ زیدی دوسرے لوگوں سے مل کر اس سے باتیں کر لیتا مگر وہ تنہائیوں میں شمع سے بولنے میں لڑکھڑانے لگتا۔ شمع اس کے کمرہ میں جا کر اس کی ٹائی اور ہیٹ سے کھیلتی ہوئی جب طویل گفتگو چھیڑ دیتی تو زیدی کا گھبرا گھبرایا پریشان سا چہرہ دیکھ کر اسے ہنسی آ جاتی۔ اکیلے میں چپ چاپ زیدی کی ساری چیزوں کو الٹ پلٹ کر وہ دیکھتی رہتی۔ اسے زیدی کی ہر ایک چیز سے پیار لگتا اور وہ ان چیزوں میں زیدی کی گہری پوشیدہ محبت کا سراغ ڈھونڈنا چاہتی تھی

مگر کہیں نہ پا سکی۔

اپنے چھپے ہوئے افسانوں کے سارے پرچے اس نے ایک دن زیدی کے میز پر رکھ دیئے۔ دوسرے دن جب زیدی کو صبح بخیر کہنے گئی تو وہ اسے دیکھتے ہی مسکرا کر بولا "اب تو آپ بہت بڑی افسانہ نگار بن گئی ہیں" شمع چونک اٹھی، اس کے جذبات کا سیلاب ایک دہارا باندھ کے رستے ہوئے دہاروں سے بہہ نکلا تھا۔ وہ زیدی کو تکتی ہوئی ہنس پڑی "وہ افسانے نہیں ہیں زیدی صاحب اپنے لئے کچھ کھلونے بنائے ہیں میں نے"

"کھلونے"——!

"ہاں۔ میں ان سے کھیلتی ہوں جب میرا جی بہت گھبرانے لگتا ہے تب"

"مگر کہاں سے لاتی ہیں اتنے سارے خیالات؟" زیدی نے حیرت سے پوچھا۔

میں نے افسانہ لکھتے ہوئے کبھی کچھ نہ سوچا۔ گزری ہوئی باتیں یاد آتی گئیں اور جو کچھ بھی محسوس کیا لکھتی گئی —— آپ انھیں افسانے کہتے ہیں؟ اور میں کہتی ہوں میرے کھلونے ہیں یہ" وہ ایک خود فراموشی کی حالت میں بولتی چلی گئی۔

"کیسے اتنی باتوں کو یاد کر کے لکھ لیتی ہیں آپ؟ میں تو جب کبھی کچھ سوچتا ہوں تو عجیب حالت ہو جاتی ہے میری۔ سارا جسم تپتا ہوا گرم گرم محسوس ہوتا ہے اور پھر میں پسینے سے بھیگ جاتا ہوں۔ اسی لئے کچھ یاد کرتے ہوئے بھی میں ڈرتا ہوں۔ کس سے؟ یہ نہیں جانتا۔ شاید خود ہی ڈر جاتا ہوں۔ میں ——" زیدی کی آنکھیں بہت کچھ کہنا چاہ رہی تھیں اس کا چہرہ اس وقت بھی تمتمایا ہوا تھا، شمع

دیکھ رہی تھی کہ جیسے اب وہ اپنی منزل پر پہنچ رہی ہو ——— وہ بہت کچھ سننے کو بیتاب تھی مگر زیدی خاموش ہو چکا تھا ——— وہ اپنے قریب ہی تنویر کی آواز سن کر چونکی۔ تنویر کی مسکراتی ہوئی آنکھیں اسے فاتح نظر آرہی تھیں، شاید اس لئے کہ زیدی کچھ نہ بول سکا تھا۔

ایک روز تنویر زیدی کو اپنے ساتھ لئے ہوئے شمع کے پاس آیا، شمع کو میز پر جھکی ہوئی کچھ لکھتے ہوئے دیکھکر تنویر خوش ہو کر زیدی سے کہنے لگا "آپ نے پڑھے ہیں شمع کے افسانے؟ حقیقت نگار ادیب دیکھئے ایسے ہی ہوتے ہیں" شمع کو لگا جیسے اس کے سارے افسانے تنویر کی ٹانگوں سے لپٹے ہوئے زیدی اور خود اس کا منہ چڑا رہے ہیں، وہ تڑپ کر بولی "حقیقت نگار کوئی بھی نہیں ہوتا۔ سبھی جھوٹ لکھتے ہیں! جھوٹ ——— اپنے کو صرف تھوڑی دیر کے لئے فریب دینے کو ——— اور میں نے تو کب سے افسانہ لکھنا چھوڑ دیا ہے"———

"چھوڑ دیا" تنویر کا منہ حیرت سے کھلا کا کھلا رہ گیا اور جب تنویر وہاں سے چلا گیا تو زیدی نے آہستہ سے پوچھا "آپ نے افسانہ لکھنا چھوڑ کیوں دیا" ——— ؟

"اس لئے کہ کہاں تک اپنے کو فریب دیتی" وہ کانپ رہی تھی۔ ایک طرح بے حس، خاموش اور ساکت تصویر دیکھتے دیکھتے اس کی آنکھیں بیزار ہو چکی تھیں، وہ چڑچڑی ہو رہی تھی۔ اس کی رگوں کا خون جیسے ابل رہا تھا آج وہ زیدی سے سب کچھ کہہ دینا چاہ رہی تھی۔ وہ ایک پاگل کی طرح زیدی کو تکتی ہوئی بے بسی سے بولی "میرے افسانے نقلی تھے۔ میں نے سراب کو دریا بنا کر اس سے اپنی پیاس بجھانی چاہی تھی" اس کی آواز تھر تھرا رہی تھی "میں بتاؤں کہ حقیقت نگاری کسے کہتے ہیں۔ لیجئے یہ میری ڈائری! شاید اسے پڑھکر آپ مجھے سمجھ سکیں گے" اس کی آنکھوں سے آنسوؤں کے چند قطرے ٹپک پڑے اور ڈائری اس کی کانپتی ہوئی

انگلیوں کے درمیان لرز رہی تھی ـــــ شمع اپنی پریم کی نگاہوں سے زیدی کو ڈائری پڑھتا ہوا دیکھ رہی تھی۔ زیدی کا چہرہ تمتمایا ہوا تھا اور پسینے اس وقت بھی اس کی پیشانی پر چمک رہے تھے۔ زیدی نے ڈائری کو پڑھکر میز پر رکھدیا اور اس کی گہری خاموش بے بس نگاہیں شمع کی آنکھوں پر جم کر رہ گئیں۔ شمع نے زیدی کی مضطر مگر خاموش نگاہوں کو محسوس کیا۔ وہ تھک کر جیسے نڈھال ہو رہی تھی۔ اس کا سر چکرا رہا تھا۔ اس کو میز، زیدی، ڈائری اور کمرے کی ساری چیزیں گھومتی ہوئی لگ رہی تھیں۔ اس کے پیر کانپنے لگے۔ شمع نے یکایک گرتے ہوئے کسی چیز کا سہارا لینا چاہا کہ اچانک اسے اپنے کندھے پر موٹی موٹی انگلیوں والا تنویر کا بھدا سا ہاتھ محسوس ہوا۔ اس نے چونک کر پیچھے دیکھا مگر وہاں کوئی نہ تھا۔ کمرے کی گہری خاموشیوں سے اکتا کر اس کا جی چیخ چیخ کر رونا چاہ رہا تھا وہ جلد سے جلد اس جگہ سے بھاگ جانا چاہتی تھی، زیدی کی تکتی ہوئی بے بس آنکھیں اور اس کے کانپتے ہوئے خاموش ساکت لبوں کو نفرت سے دیکھتی ہوئی کمرے سے جاتے ہوئے وہ چڑ کر آہستہ سے بولی ـــــ" بزدل ـــــ!

خواتین کے رومانی افسانوں کا ایک اور انتخاب

آج کل کے رومان (حصہ: ۲)

مرتبہ : فضل حق قریشی

بین الاقوامی ایڈیشن جلد منظر عام پر آرہا ہے